女剣闘士は皇帝に甘く堕とされる

An Yoshida
吉田行

Honey Novel

Illustration

獅童ありす

CONTENTS

一　女剣闘士と皇帝

地を震わすような歓声が、控室まで聞こえる。

（誰かが倒された）

試合は終わったというのに、観客の興奮は冷めない。

「早く次の試合を始めろ！」

「女剣闘士を出せ！」

ローマ一の闘技場《コロッセウム》は観客で満員だという。彼らは中央の広場でこれから起こる悲劇を期待しているのだ。

自分がいるのは選手の控室だ。狭いが一人部屋を貰《もら》えるだけでもましだった。剣闘士として闘い始めた頃は他の選手たちと同じ部屋で着替えにも苦労したものだ。

アレリアはゆっくりと立ち上がると剣を取り、何度か振るった。男でも持ち上げるのに苦労する大剣だった。

長い黒髪を束ね、足も露《あら》わな薄い甲冑《かっちゅう》をつけているアレリアは確かに若い女だった。

だがその腕は剣を振るうたび薄く筋肉が浮き上がる。細いふくらはぎも固く引き締まっている。

「本当に戦うの？」

石造りの狭い部屋にはアレリアの他に二人の人間がいた。四十代の女性と、アレリアより少し若い女だった。若い女性は眼《め》に涙を浮かべている。

「泣かないで、コジナ。私は何度も勝ってきた。今回も勝って皆で自由になろう」

コジナと呼ばれた女はアレリアの妹だった。姉とは違い、細身の女らしい体つきだった。栗色《くりいろ》の髪も姉よりずっと長い。

「でも、今度の相手はとても強いと聞くわ。姉さんが死んだらどうしたらいいの」

コジナは顔を覆って激しく泣き出す。そんな彼女の肩をもう一人の女が優しく抱く。

「そんなに泣くものじゃないわ。涙は戦いの前に不吉よ」

「だって、だって……お母さんは姉さんが心配じゃないの」

「心配に決まっているじゃない」

年嵩《としかさ》の女は二人の母、ノナだった。目尻には皺《しわ》が刻まれているが、昔の美しさがまだ保たれている。

「アレリア、私たちのためならやめてもいいのよ。殺されるより奴隷で生きていく道もあるわ」

「駄目だ！」

アレリアはきつい瞳で反論した。

「売られたら私たちは娼館《しょうかん》に入ることになる。私はともかく、コジナをそんな目に遭わせるわけにはいかない」

小柄なコジナは悲しそうに俯《うつむ》いた。

「私は……かまわないわ……仕方ないもの、こんなことになって、姉さんを犠牲にしてまで生きるつもりはないわ……」

そう言いながらその目からはぽろぽろと涙が落ちる。まだ十六歳の彼女にとって、娼館に売られることは恐怖でしかないだろう。

「安心しろ、コジナも、お母さんも。私は絶対に勝つ。お父さんの剣が守ってくれる。これは狼《おおかみ》殺《ごろ》しの剣だからな」

跪《ひざまず》いてアレリアが微笑《ほほえ》みかけると、コジナが抱きついてきた。

「どうしてこんなことになってしまったの？　私たちはただ平和に暮らしていたのに……どうして……」

アレリアは妹の細い肩を摑《つか》むと優しく引き剝《は》がす。

「もうそんなことは考えるんじゃない。命があっただけでも儲《もう》けもの、すぐに娼館に売られなかっただけ幸運だった、そう考えるんだよ」

コジナは必死に涙を拭うと、懸命に笑った。

「そうね、戦いの前に弱気は禁物ですものね。姉さんの勝利を祈っているわ」

妹の笑顔を見てアレリアは満足だった。これで心置きなく戦いに挑める。

(私はもう、生きて二人には会えないだろう)

最後の戦い、アレリアは死を覚悟していた。


都市ロマーノから遠く離れた農村キニエド、そこでアレリアと母と妹は小麦を作って暮らしていた。

父ナシーは以前都市の兵士だった。百人隊長まで務めた人物だったが、戦いを嫌い蓄財した金で農地を買った。そして妻とまだ小さかったアレリアを連れて田舎《いなか》へ引っ越したのだった。

剣の名手だった父はアレリアにその技を伝えた。アレリアも女らしく糸をつむいだり花を摘《つ》んだりするよりそっちのほうが好きだった。

兄弟は妹のコジナしか生まれなかったので、アレリアはますます男の子のように育っていった。背もぐんぐんと伸び、近隣の村で剣の腕ではアレリアの右に出るものはいなかった。

そんな父はアレリアが十六歳の時に病で死んでしまった。悲しみの中で決意していた。自分が家族を守ると。

残された家族は麦作りに精を出した。そのまま農村で平和に暮らし、いつかコジナは誰かに嫁ぐ――そんな未来しか思い描いていなかった。

アレリアの運命が一変したのはある闇夜だった。ぐっすり眠っていた彼女は遠くから聞こえる悲鳴で目覚めた。

「なんだ、これは！」

家を飛び出したアレリアは驚愕《きょうがく》した。刈り取り前の麦畑が燃えている。村々の家の間を馬が駆け回っていた。

「夜盗だ、早く逃げろ！」

そう叫んでいた村長は背中から剣で切られた。アレリアは母と妹を連れ、父の形見である狼殺しの剣を持って山地へ逃げる。

だが夜盗たちは残った村民たちを馬で追い詰めた。彼らは次々と人間を攫《さら》い、檻《おり》へ入れていく。

「売れそうな奴は全部捕らえろ。そこに若い女がいる、絶対に逃すな！」

アレリアたち三人はあっという間に夜盗たちに囲まれてしまった。男たちはにやにやしながらにじり寄ってくる。

「二人ともなかなか美形だな。高く売れそうだ」

「お前たち、捕まえるだけだぞ。もし処女なら値が跳ね上がるからな」

アレリアはおぞましさに身震いした。自分も妹も、こんな奴らに捕らえられるわけにはいかない。

「お前たち、怪我《けが》をしたくなければそこをどけ」

彼女が剣を抜くと周囲の男たちはどっと笑った。

「お嬢さん、それは誰の剣だ？　慣れないことをすると怪我をするぜ。せっかくの体に傷がつく」

一人の男がにやつきながら近づいてくる。その手首をアレリアはすっと剣ではらった。

男の腕からぽろりと手が落ちた。まるで林檎《りんご》が木から取れるように。

「うわああ！　なんだこれは」

切られた男が悲鳴を上げ、一瞬人の輪が崩れた。

「今だ、逃げるぞ」

母と妹の手を引いて走り出す。だがむなしい抵抗だった。背後から馬で追いかけてきた夜盗が頭の上から三人に網をかける。

「くそっ、離せ！」

アレリアは懸命に暴れるが、母と妹も捕まってしまい手も足も出ない。

「こいつ何者だ？　こんなでかい剣を持って」

夜盗に父の形見である剣を奪われ、アレリアは怒りに震えた。

「それは私のものだ。返せ！」

すると周囲の男たちはどっと笑い出す。

「お前と妹は娼館に売られるんだよ。剣を持っていってどうするんだ」

「これは俺たちが使ってやるから安心しろ」

そんなからかいの言葉にアレリアは歯噛《はが》みした。

（こんな奴らに使われるような剣じゃない）

自分だけでなく父も侮辱され、悔しくて仕方がない。

「卑怯《ひきょう》だぞ、私と勝負しろ。一対一なら誰にも負けない」

すると一人の男が歩み寄ってきた。

「お前が強いのはわかっている。なぜそんなに剣の腕がたつ？　今の構えは都の軍人のようだった」

他の男たちとは違い、彼は少しものがわかるようだった。アレリアは怒りを抑えて彼に答える。

「私の父は都の兵士だった。百人隊長まで務めた男だ。私はその娘、彼から剣を学んだのだ」

それを聞いた男はしばらく考え込んでいた。

「面白い。お前を娼館に売るのはもったいないかもしれぬ、その体格ではあまり高い値もつかないだろうしな」

アレリアは男並みの背丈がある。腕もしっかりと筋肉がついていた。毎日の鍛錬の賜物だった。

「私をどうするつもりだ」

男はアレリアを見てにやりと笑う。

「お前は剣闘士の商人に売る。男並みに強い女はいい見世物になるだろう。娼館に売るより高値がつきそうだ」

アレリアは考えを巡らせる。これ以上彼らに抵抗はできない。そんなことをすれば自分は殺され母と妹は売られるだけだ。ならば――。

「いいだろう、剣闘士になる。ただし条件がある」

「なんだ」

「母と妹も一緒だ。私が稼いだ金で二人を買い戻す。そうでなければここで自害するがどうだ」

男はさらに笑い出した。

「いいだろう。せいぜい勝ち進むがいい。そうすれば自由も金も思いのままだ」

アレリアと母、そして妹は剣闘士商人であるキジムに売られた。

「私はお前のために戦う。だから母と妹には危害を加えるなよ」

キジムはアレリアの体つきを眺め回すと、鷹揚《おうよう》に頷《うなず》いた。

「素晴らしい筋肉だ。若い女が戦えば人気者になるだろう。お前の身内は飯炊きでもしていればいい。二人の分までせいぜい期待に応《こた》えてくれよ」

その言葉を聞いたとたんコジナは泣き出した。やはり娼館に売られるのは不安だったのだろう。

(負けはしない、母と妹のためにも)

アレリアは闘技場に出るとたちまち人気者になった。剣闘士はもともと体にまとう鎧《よろい》は少ない。剣で切りつけられて血が出ればより観客を喜ばせられるからだ。腕と脛《すね》、胸と腰だけに薄い鎧を纏《まと》ったアレリアが現れると男性を中心に歓声が上がった。

「なんだあいつは、娼館と間違えているのか？」

「おい、負けたら鎧を引っぺがしてやれ」

男たちの侮るような言葉は、しかし彼女が剣を振るうと一変した。

父から受け継いだ狼殺しの剣は屈強な男の鎧を切り、鮮血を噴出させた。初めての対戦相手はあっという間に戦意を喪失し、アレリアの勝ちになった。

「見たか、私の勝ちだ！」

アレリアは出るたびに勝利し、彼女への掛け金は上がっていった。それにつれキジムの取り分も多くなる。彼はアレリア親子のために専用の家を借り上げ、食料も豊富に与えてくれた。

「私はいつまで戦えばいいのだ？」

アレリアの問いにキジムは金貨を数えながら答えた。

「年に一度、地方から勝ち上がった剣闘士たちの大会がある。そこは皇帝もいらっしゃる権威ある会だ。そこに出場したらお前たち親子を解放してやる。充分稼がせてもらったからな」

「……私が死んでも、母と妹は解放するんだろうな」

いつの間にか自分の体にはいくつもの傷がついている。勝ち上がるたびに相手が強くなっていくのがわかるのだ。最初はただの荒くれ者だったが、だんだん剣の心得がある人間が出てきた。これ以上強い相手が出てきたら自分は――。

「わかっておる。わしは剣闘士との約束は破らん、もしそいつが死んでもな。皆お前を知っているし嘘《うそ》をついたらわしの信用問題になる。だから安心して戦ってこい。だがみっともない試合だけはするなよ」

アレリアはわかっていた。闘技場に集まる人間たちは勝ち負けよりどれだけ派手に血が飛び散るかに興奮する。

もし負けるにしても、華々しく散らなければならない。そうでないと母や妹は奴隷のままなのだ。

「わかっている。私は狼殺しと言われた父の子供だ。逃げるような真似《まね》はしない」

キジムはそれを聞くとにやりと笑う。

「お前もいい顔になってきた。皇帝は剣闘士がお好きでな、よく見に来られる。もし彼の目に留まれば助かるかもしれんぞ」

それを聞いたアレリアは顔を顰《しか》める。

「なにが皇帝だ。私の村は皇帝直轄地だった。軍の兵隊に守られているはずだったのに、彼らは助けてくれなかった。彼らが駆けつけてくれればこんな境遇に落ちることもなかったんだ」

村が襲われた時、村人はすぐに兵隊を呼びに行った。だが彼らは村が焼かれ、人が攫われているのに助けに来てくれなかった。村長は殺され、家が焼かれてしまったので父が残してくれた土地の証明書も失われてしまったのだ。

「なにが剣闘士好きだ。毎年税を納めている市民を守ってくれない、そんな役立たずの皇帝などいらない。そんな男に選ばれるのなどごめんだ。奴隷と違わないではないか」

怒り狂うアレリアをキジムはにやにやと眺める。

「そう怒るな。今の皇帝はまるで役者のように美男子だぞ。私も遠くから見たことしかないが、まるで彫像がそこに立っているようだった。お前だって彼を一目見たら気が変わるだろう」

そう言われてもアレリアの心は揺らがない。

「余計なことを言わなくてもいい。勝っても負けても私は正々堂々と戦う。そのあとのことは考えていないのだ」

そして、とうとうロマーノ最大の闘技会がやってきた。その頃まではアレリアの肌には歴戦の徴《しるし》である傷跡や痣《あざ》がくっきりと残されていた。

「姉さん、足は大丈夫？」

コジナは最後まで姉の身を案じていた。身の回りの世話をしていた彼女は、アレリアが前の試合で左の足首を痛めていることを知っている。

「平気だ。お前が冷やしてくれたせいでかなりよくなった。必ず勝って戻ってくる。そうしたら一緒に村へ帰ろう」

姉の言葉にコジナはさらに涙する。姉の決意を感じ取ったのかもしれない。

体のごく一部を覆う鎧、頭だけを隠す兜《かぶと》、小さな盾と父の形見の剣を持ってアレリアは闘技場に現れた。

　満員の観客席から歓声が沸いた。

「女剣闘士！　頑張れ」

「負けたら娼館行きにするぞ！」

　下品なかけ声もアレリアは耳に入らなかった。目の前の対戦相手は大きな鉄球を持ち、こちらを睨《にら》みつけている。自分よりずっと大きな男だった。

（強い）

　彼はもともと軍隊にいた兵士だった。賭け事の借金がかさんで奴隷に落ちたが、その恵まれた体格で剣闘士として活躍している。

（早く決着をつけなければならない）

　捕まったらおしまいだ、すばやく彼の懐に潜り込んでダメージを与えなければならない。

　その時、高らかにほら貝の音がした。

「皇帝だ！」

「ティウス様だわ、なんてお美しい」

「ああ、もっと近くで見たい」

　コロッセウムの貴賓席に一人の男性が現れた。その男の纏っている鎧は白く輝いている。

（あいつが）

この国の皇帝、ティウス・コモドーリアなのか。

アレリアのいる広場からは小さな麦粒くらいにしか見えない。それでもその輝きはわかった。

(あいつにとっては、私など一時の楽しみなのだろうな)

剣闘士たちが命をかけて戦う闘技、それも皇帝の無聊《ぶりょう》を慰める一時の催しに過ぎない。

(もういい)

自分の運命は諦めた。せめて母と妹だけは元の暮らしに戻してあげたい。

そのためには彼ら観客を満足させなければならないのだ。たとえ負けても、華々しく散らなければ。

「二人とも中央に来るんだ」

審判が現れ、二人の顔合わせをさせる。近づくと男の大きさがさらに迫って見える。

(怖い)

アレリアの胸に初めて恐れが生まれた。元兵士の男は自分よりずっと背が高く、腕の小手にも棘《とげ》がついている。もし上手く懐に飛び込めてもあれが肌を刺すだろう。

(今さらなんだ、命を惜しむのか)

何度押し殺そうとしても背中の冷や汗が止められない。膝が震えてしまう。

「どうした、何人もの男を倒してきた女剣闘士なんだろう?」

彼女の恐れを感じ取ったのか、対戦相手は兜の下から嘲るように笑った。

「黙れ、油断しているとその太い首を切り落とすぞ」

その言葉はアレリアの作戦だった。彼の注意を上に引き寄せ、その隙に足を攻撃する。

「さあ、戦え！」

審判の手が振り下ろされ、二人は広場の中央で睨み合う。

先に動いたのはアレリアだった。剣を振り上げて彼に切りかかる。

「ふん！」

剣は男の小手に当たって弾《はじ》き飛ばされる。それは想定内だった。すばやくしゃがみ込むと男の背後に回る。足にも防具はつけているが、ふくらはぎは剝《む》き出しだ。

(やれる)

そこを切り裂こうとした次の瞬間、背中に激しい衝撃を感じた。

男の持った鉄球が背中を襲ったのだ。

「ううっ！」

呼吸ができない。体を丸めるアレリアの背中に男の足が乗った。

「なかなかすばやい動きだった。だがその程度で俺は倒せん」

(見破られていた)

自分の作戦など歴戦の兵士には通用しなかった。体を反転させられ、腹を踏みつけられる。

「さあ、どうする、降参するか？　なかなか可愛《かわい》い顔をしているではないか。俺の愛人にしてやってもいいぞ」

男の言葉にどっと観客が沸いた。

「鎧を引っぺがせ！」

「脱いだら命を助けてやってもいいぞ」

アレリアは怒りに震えた。負けた剣闘士の生死は観客たちが決める。彼らは自分が肌を見せたら生存させてやってもいいと言っているのだ。

（そんなもの、望まない。私は狼殺しの娘だ）

「さっさとその鉄球で殺せ。私は命乞いもしないし、お前の愛人にもならない。私は狼殺しと呼ばれた男の娘、なめるんじゃない！」

すると男は口元で笑った。

「よかろう、最後の情けだ。苦しまずにいかせてやる。覚悟しろよ」

自分の頭ほどもある鉄球を彼が振り回し始める。あれが上から落ちてきたら、今度こそ最後だ。

（お母さん、コジナ、元気で）

アレリアは覚悟を決めて瞳を閉じる。明るかった瞼《まぶた》の外が暗くなった。

（来る）

全身から汗が噴き出した。

だが、すぐやってくるはずの衝撃はなかなか来なかった。観客の声も静まり返っている。アレリアは恐る恐る目を開けた。自分の顔のすぐ上で鉄球がゆらゆら揺れているが、落ちてくる気配はない。体を起こすと対戦相手は自分ではなく、遠くを見ている。

(なにをしているんだ?)

アレリアも彼の見ているほうに顔を向ける。それは貴賓席だった。そこに座っている人物が片手を上げている。

(あれは)

遠くからでもわかる、光り輝く存在。

皇帝が片手を上げていた。その掌《てのひら》は広げられている。

剣闘士の生死は観客によって決定される。それを覆すことができるのはただ一人、皇帝だけだ。

その合図を彼が出しているのだ。

(なぜ)

アレリアはゆっくり立ち上がった。審判の元へ貴賓席からの使いが駆け寄ってくる。使いから耳打ちされた審判は躊躇《ためら》いながら観客に告げた。

「えー、女剣闘士アレリアは皇帝の恩赦により、命を残すこととなった」

それを聞いた観客たちは一斉に抗議の声を上げる。たとえ皇帝といえども、ロマーノ市民は盲目的に従ったりしない。

「なぜ殺さない！」

「敗者は死ぬのが定めだろう」

「女だからといって手加減するのか」

皆の剣幕に審判もおろおろしている。アレリアは広場の中央にすっくと立つと声を放った。

「私は命など惜しくはない！　皇帝の恩赦などいらぬ、今ここで殺せ」

彼女の声に観客は沸き立った。残虐な見世物を期待していた観衆は拳を振り上げる。

「殺せ、殺せ！」

「そいつが殺せないならライオンに襲わせろ」

まるで嵐のように騒いでいた観客たちが、しかしぴたりと静まり返った。広場の向こうから近づいてくる人影がある。

(あれは)

アレリアは信じられなかった。白く輝く人影がこちらへ向かってくる。

「皇帝陛下！　こんなところへいらっしゃるなんて」

審判も対戦相手も慌てて平伏した。闘技場の中はあくまで戦う奴隷たちが立つ場所、そこへ高貴な身分の貴族が入ることなどありえない。ましてや皇帝が。

だが、アレリアの目の前に立った人物は確かに皇帝、この国を統《す》べる男、ティウス・コモドーリアだった。一度も会ったことはないが、村役場に置いてあった下手な彫刻を見たことはある。

今すぐ傍《そば》にいる男は、その彫像よりずっと美しかった。金髪は柔らかく頭を覆い、瞳は空のように透き通った蒼《あお》だ。

「おい、頭を下げないか！　皇帝陛下だぞ」

審判が慌てて叱責するがアレリアはそれに従わなかった。

(どうせ死ぬのだ)

命乞いをするつもりはない。だからたとえ相手が皇帝でも頭を下げる気はなかった。

「どういうつもりだ」

アレリアから口を開いた。早くこの状況を終わらせたい。

「お前は生きたくはないのか？」

皇帝の声は涼やかで、強大な権力を持った男とは思えない。吟遊詩人のように美しい音だ。

「私は死を恐れない。囚《とら》われて生きながらえるより名誉ある死を望む」

その美しい蒼の瞳をアレリアは正面から見つめる。気持ちをしっかり持ち、負けてはいけない。死の恐れに負けてはいけないのだ。

皇帝は一瞬視線を落とすと、華やかに笑った。

「だが、お前の足は震えているぞ」

はっとした。意思とは別に体は死を恐れているのか。

「違う！」

反論しようとした、だがその声は最後まで放たれることはなかった。

皇帝がいきなりアレリアの体を抱え上げたからだ。

「なにをする！」

アレリアは女性にしては背が高い。それに武具もつけていた。かなりの重量があるはずなのに皇帝は軽々と自分を持っている。細身に見えた体には意外に強い筋肉がついていた。

「これほど頑丈な女は珍しい。この女に私の子を産ませることにした。きっと丈夫な子が生まれるだろう」

（なんだって？）

アレリアは驚愕のあまり声も出ない。死によってやっと自由になれると思ったのに、皇帝の子供を産むだと？

「いやだ、離せ！」

暴れて彼から逃れたかった。だが鉄球で痛めつけられた体はまだ上手く動かなかった。

突然の展開に呆然《ぼうぜん》としていた観客たちは皇帝の言葉にどっと沸いた。

「女剣闘士が皇帝の子を産むだって！」

「どんな化け物が生まれるんだろう」

「生まれたらまた剣闘士になるんだろうな」

人々の歓声の中、アレリアは皇帝に運ばれて広場を出ていく。彼の胸は分厚く、熱を持っていた。

「どういうつもりだ、私はお前のものになどならない」

そう言うと彼は自分を見下ろす。怖いくらい透き通った蒼い瞳だった。

「私に向ってそんな口をきく者はいない。今のうちに直さないと私を守る兵士たちからぶたれるぞ」

「そんなものは怖くない、私は狼殺しの娘だ！」

すると彼の顔がふっと歪《ゆが》む。その意味を知る前にアレリアはコロッセウムの内部に連れていかれ、あっという間に兵士たちによってどこかへ連行される。


「姉さん！」

アレリアは輿《こし》に乗せられ皇帝の居城であるモノッセル宮殿へ連れてこられた。小さな部屋に入れられしばらくすると母と妹が連れてこられる。

「二人とも無事だったのか！」

「姉さん……殺されなくてよかった」

「アレリア、お前が死んだら私も生きていなかったわ」

二人の顔は涙で濡《ぬ》れていた。その顔を見るとアレリアの目も熱くなる。

彼女たちのことだけが不安だった。自分がいなくなったあと、再び奴隷に戻されるのではないかと。

「やれやれ、えらいことだ。さすがの俺も皇帝相手に商売するのは初めてだよ」

母妹の後ろからキジムが現れる。アレリアは二人を抱きしめながら彼を睨みつけた。

「どういうことだ」

「お前の身はもう皇帝に買われた。その金はお前の身内に渡すよ。ほんの少しの手数料は貰《もら》うがな」

アレリアはいきり立った。

「私はもう奴隷の身分ではないはずだ。今まで稼いだ金で三人が自由になるだけの額は稼いだだろう。なぜ皇帝に売られなければならない？」

アレリアの剣幕にもキジムは怯《ひる》まなかった。

「この国でティウス様に逆らえる人間はおらんよ。命が助かっただけありがたいと思わんか？　お前は皇帝の妾《めかけ》になれるのだ。今、全ロマーノの女が羨ましがっているというのに」

そんなことを言われてもアレリアの心は動かない。

「たとえ相手が誰であろうと、奴隷の身分であることには変わりない。子供を産ませるだと？　家畜と変わらないじゃないか！」

その時、兵士と共にティウスが入ってきた。白銀の鎧は脱ぎ、緩いトーガ姿だった。

「商談は成立したぞ。お前は我がものになった。これから私の子を産むために励むがいい」

間近で見る彼は驚くほど整った顔をしている。腕のいい職人が作った彫像のようだ。

（だからといって、お前のものにはならん）

きっとこの美しさと地位で、すべての女を手に入れてきたのだろう。自分はそんなものに惑わされない。美しい皇帝に向かってアレリアはきつい視線を向ける。

「せっかくのお申し出ですが、お断りいたします。私は買われてまで生きようとは思わない」

彼女の言葉に周囲の人間は凍りついた。この国の皇帝に逆らう人間などいないのだろう。皆の顔が青ざめる中、ティウスだけは微笑みを浮かべている。

「威勢のいいことだがお前に拒否権はない。もう私はお前の対価を支払っている」

アレリアはキジムを睨みつけた。意思とは別に彼はもう自分を売り払っていたのだ。

「キジム、皇帝陛下に代価をお返ししろ。私はティウス様のものになるつもりはないぞ」

それを聞いたキジムは下手な役者のように大げさな驚きの表情を作る。

「とんでもない！　そんなことをしたら私の首まで飛ぶじゃないか。もう諦めろ、宮殿で何なにを言われてもアレリアの心は動かなかった。

「いやだと言っているだろう。私は娼婦ではない、狼殺しの父を持つ女だ」

その言葉を聞いたとたん、ティウスはアレリアの腰をぐいっと引き寄せた。

「なにをする！」

今まで男にそんなことをされたことはなかった。村に住んでいる時でも男より強いアレリアに言い寄る男はいなかったからだ。彼は背が高く、アレリアですら見上げなければ表情がわからない。

すぐ傍で見る彼の顔は女のように肌が白かった。大理石でできているようだ。

「そんな女だからこそ手に入れたい。これほどの女傑を屈服させられるのは私しかいないだろう」

「なんだと、ふざけるな！」

アレリアは反発して彼の胸を押し返す。だが彼の腕は大蛇のように腰を摑んで離さなかった。

「たとえ皇帝でもお前に屈服などしない！　女だと思って馬鹿にするな」

力で女を思うままにする、そんな男は一番嫌いだった。

「そもそも皇帝の軍が私たちを守ってくれればこんな境遇にはならなかったんだ。土地を奪われ奴隷にされた、そこから脱出したのは私の力だ。お前の加護などいらない」

ティウスはそんなアレリアの顎を指で持ち上げた。

「その件に関しては謝罪しよう。お前の対価として払った金で元の土地を買い戻すがいい。その分は上乗せするよう命じておく。母と妹は自分の土地で大きな家に住めるだろう」

その申し出は確かに力があった。だがアレリアはそれでも首を縦に振ることはできない。

「それでも、お前のものになることなどごめんだ」

「ではどうする？　今さらお前を解き放つことはできないな。皇帝の名折れになる」

「ならば処刑しろ。どうせ死ぬ運命だったのだ、怖くはない。母と妹だけ助かればいいのだ」

それを聞いてコジナは悲鳴を上げた。

「そんなことを言わないでちょうだい！　姉さんの命が助かって私は本当に安心したのよ。私たちのためにも生きてちょうだい」

「コジナ、私は……」

アレリアはようやく皇帝の腕から逃れて妹の元に駆け寄った。そんな姉の頬をコジナが叩《たた》く。力は強くなかったが、その衝撃は大きい。

「いい加減にして！　姉さんを犠牲にして私たちが楽しく暮らしていけると思うの？　母さんだって、姉さんが死んだらきっと長生きできないわ。私たちのためを思うなら、どんな境遇でも生きてちょうだい。今度は私たちが姉さんを迎えに行くから」
(コジナ)
アレリアは思わず俯いた。目の端で母が泣いているのが見える。

今まで二人のために命を捨てるつもりだった。だが母とコジナの気持ちまでは思いやることはできなかった。

(私は、生きなければならないのか)

自分だけではなく、二人のために。

アレリアは妹の体を優しく抱きしめた。

「ごめん、コジナ。私は最後の試合で死ぬつもりだった。でもそれはお前のためにならなかったんだな……私は、どうすればいい」

彼女の肩をティウスがぐいっと後ろから引いた。

「だから言っただろう。お前は私の子を産むために生きればいい。元気で丈夫な子をな」

アレリアはそんな彼を睨みつける。

「奴隷に産ませた子でいいのですか？　誇り高い皇帝のお子が。皇妃様がなんと思われるか」

皮肉を込めて言った。田舎に住むアレリアでも知っている、ティウスにはいとこである皇妃がいることを。身分高く、美しい妃だという。二人の間にまだ子供はいなかった。

「貴様、軽々しく皇妃様の名を出すんじゃない」

傍にいた兵士が睨みつける。ティウスはそれを制した。

「お前は気にすることはない。私の種なら誰から生まれても私の子だ。お前はなにも考えず私に従えばいい」

(勝手にしろ)

アレリアは投げやりな気持ちになっていた。いつの間にか自分の運命は勝手に決められ、流されている。死によってそこから逃れることすらできないのなら、このまま流されるしかない。

「さあ、家族と最後の挨拶をしろ。この部屋を出たらお前は私のものになる。しばらくは会えなくなるだろう」

アレリアは母と妹と抱き合った。二人の涙に触れると自分の瞳も熱くなる。

「体に気をつけて、きっといつか会えるわ」

母の細い手で頭を撫《な》でられるとたまらなく悲しくなった。

「母さんも体に気をつけて、働きすぎないで」

コジナはさっき叩いた姉の頬を何度も撫でた。

「姉さん、殴ってごめんなさい……私たちのために戦ってくれたのに、許してね」

アレリアは妹の小さい手を握った。

「こんな手で叩かれたって平気だ。私は剣闘士なんだから」

二人はキジムと共に去っていった。行き先は生まれ育った村だ。ティウスが自分に支払った代価で昔の土地を買い戻すことができる。父の残した農地に家族を戻すことができた、それだけが慰めだった。


身内が立ち去り、アレリアは豪奢《ごうしゃ》な宮殿に一人残される。

「さあ、お前のために用意した部屋へ行こう。最高級の服と調度を用意させた。皇帝の寵姫《ちょうき》にふさわしいところだ」

そんな言葉を聞いても気分は浮き立たない。自分が好きなのは農民の服か、剣闘士の鎧だ。兵士に腕を取られ、アレリアはティウスと共に宮殿の廊下を歩いていた。自分の剣は兵士の一人が持っている。

そこへ、向こうから一人の男が近づいてきた。

服からかなり身分の高い男と思われるが、かなり酔っている。その横には娼婦らしい女たちが絡みついていた。

「やあ兄上、普段お堅いあなたが衆人環視の中であんなことをするなんて驚きましたよ。どういう心境の変化です？」

彼はティウスの弟、グラウスだった。燃えるような赤毛で長身、青い目はティウスと同じだ。

だがその酒で緩んだ表情はとても皇帝より年下には見えなかった。兄であるティウスの前でもだらしなく女たちの体をまさぐっている。

ティウスはそんな弟をきつい表情で睨みつける。

「私のことよりお前の軍隊のことを気にかけろ。彼女の村はお前の守護地区だ。夜盗に襲われたのに軍は誰も助けに来なかったというぞ」

兄に叱責されても彼の表情は引き締まらない。

「すまんな、私の守護地区は広大ですべて目が行き届くわけではない。それほど強いのなら自分で夜盗を撃退すればよかったんじゃないか？」

「なんだと！」

アレリアは激高してグラウスに詰め寄ろうとした。すぐ兵士に腕を取られたが燃えるような瞳で彼を睨みつける。

「なにも知らないくせに勝手なことを言うな！　あなたの軍がすぐに駆けつけていればこんなことにならなかった」

グラウスは怒り狂うアレリアを面白そうに見つめた。

「そのおかげで皇帝の寵姫になれたのだから、運がよかったのではないか？　田舎にいては彼と出会うことすらできなかっただろう」

「黙れ！」

兵士たちの腕を振り切らんばかりに暴れるアレリアの体をティウスは背後から抱きしめる。

「グラウス、お前はもう守護領地に戻れ。そして夜盗を早く捕らえろ。また村を襲われても知らないぞ」

皇帝である兄にそう言われても、グラウスはにやにや笑いながら二人とすれ違っていく。

「私は心配していたんですよ、兄上になかなか子供ができないので……あんな美しい義姉《あね》なのに。どうやら兄上は女より男のほうがいいらしいですな。ちょうどいい女が見つかってよかった」

その言葉にアレリアは衝撃を受けた。

（私が男のようだから、彼は私を望んだのか？）

思わず背後の皇帝を振り返る。その瞳にはなんの表情も浮かんでいなかった。

「放っておけ。彼は弟ながら性格がひねくれているのだ。なにを言われても取り合わないことだ」

（そんなわけにはいかない）

自分がただ男の代わりだとしたら、こんなに屈辱的なことはない。

（男では子供ができないから、私に）

子供を産ませようというのか。それでは本当に家畜ではないか。

「離してください。もう暴れない」

アレリアは冷たい言葉で彼の腕を振り払い、歩き出した。目尻に浮かぶ涙を見られたくない。

（悔しい）

そんな境遇でも彼を拒絶できない自分が。

（私さえ我慢すれば、母さんもコジナも生きていける）

こうなったら一日でも早く皇帝の子供を産み、確固とした権力を手に入れるしかない。たとえ奴隷の身分でも世継ぎや姫を産んだ女なら力を得られる。

（死んだつもりで彼に身を任せるしかない）

それでもアレリアの足は震える。まだ肌を男に許したことなどなかったからだ。

二　官能の檻

「これは……」

アレリアが連れてこられたのは広々としたテルマエだった。白い大理石で作られた湯殿はまるで雲の中にいるようだ。

「ここは代々宮殿一の寵姫が使っていたのですよ」

兵士からアレリアを引き継いだ年嵩の侍女は誇らしげにそう言った。

「これは、皇帝が使うものではないのか」

思わずそう呟《つぶや》くと彼女は高らかに笑った。

「まあ、皇帝陛下や皇妃がお使いになるものはもっと広く美しいのですよ。ここも素晴らしいですけど、小さいですもの」

(こんな贅沢《ぜいたく》なテルマエが小さいだと？)

アレリアの住む村にあったテルマエはこれより小さかった。そんな場所でも村の皆は大切に使っていたのだ。

（私たちが大切に育てた作物がこんな贅沢に使われているのだな）

「さあ、お前たち彼女を風呂に入れてやれ」

はっと振り返るとティウスもテルマエの中にいる。周囲にいる侍女たちはアレリアの鎧を体から外そうとしていた。

「待て、お前の前で脱ぐのか？」

彼は面白そうに笑った。

「買った馬の体を確かめるのは当たり前だろう？」

アレリアは皇帝を睨みつける。逆らうことはできなかった。侍女たちが鎧を縛りつけている革の紐《ひも》を解いていく。

「ほう」

胸を覆う鉄板が外された時、思わず胸を手で隠した。その隙間から豊かな膨らみが現れる。

「男のような体つきだと思っていたが、意外だな」

アレリアはその頑健な肩や腹とは別に、大きな膨らみを持っていた。戦いの邪魔になるのでいつもはきつく鎧で押しつぶしていたが、それを取り除くと大きく胸の上で盛り上がる。

「期待外れだったか？　男のような女のほうがよかったんだろう」

アレリアは体を隠しながら皮肉を込めて言った。さっきグラウスが語った言葉がまだ胸に突き刺さっている。

(男では子供ができないから私と)

ティウスはそんなアレリアの背後に回ると、突然抱きついた。

「なにをする!?」

「どうやら誤解しているようだな。私は女の体が嫌いではない。特にこのような美しい肉体は」

(私が美しい?)

賞賛されても素直に喜ぶことなどできない。自分は女として背が高すぎるし、逞《たくま》しすぎる。鍛え上げた腰は隣にいる侍女よりずっと太かった。

「馬鹿を言うな、私のどこが美しい?」

彼の手が無遠慮に胸をまさぐってくる。その感触にどう反応していいのかわからない。

「よく見てみろ、全身に傷があるだろう。日焼けもしている、ずっと農民をしていたからな。そんな女のどこが美しい?」

住んでいた村でもアレリアは女扱いされなかった。同い年の女の子たちが次々に恋人を作る中一人取り残されていた。

自分は女としてはでき損ない、そう思って生きてきた。

それなのにこの国の皇帝が熱情を持って抱きしめている、どう考えてもおかしい。

「頼むから言ってくれ、なにを企《たくら》んでいる? 私を選ぶ理由がなにかあるのだろう」

ティウスの手はアレリアの腕の下に潜り込み、とうとう乳房を直《じか》に摑む。

「あぁっ」

彼の掌に自分の乳首が直に触れている、そのことに酷《ひど》く戸惑ってしまう。

「や、やめろ！」

とうとうアレリアはその場にしゃがみ込んでしまった。自分の体が自分でなくなってしまいそうだ。

「どうした？　まるでおぼこ娘だな。経験がないわけじゃあるまい」

「…………」

恥ずかしかった。おぼこどころではない、誰かとつき合ったことすらなかった。

「まさか、処女だったのか？　奴隷として売られていたのに」

「私は兵士だと言っただろう。誰にも手は出させなかった」

剣闘士として生きている間、何度か男に誘いをかけられた。女の少ない場所ではコジナだけではなくアレリアですら貴重だからだ。そんな男たちは皆腕っぷしで追い払い、キジムに鍵付きの部屋を用意させた。

（女として扱われたくない）

男たちは抱いた女をまるで自分のもののように扱う。まるで体を手に入れたら心まで所有したかのようだ。

「抱くなら抱けばいい。だが心まで屈服はしないぞ。私は」

「狼殺しの男の娘、だろう」

丸まっていた体にティウスは薄物をかけた。それを纏ってようやくアレリアは立ち上がる。

「どうやら私は本物の野生馬を手に入れたようだ。ものにするには時間がかかるかもしれぬ。それが」

顎を持ち上げられる。作り物のように美しい顔がすぐ傍にあった。

「楽しみだ。じっくり時間をかけて、私のものにしてやろう」

ティウスが去った後でもアレリアは体が痺《しび》れたように動けなかった。

(あいつはなにを考えている？)

国中の女誰でも望める立場なのに、なぜ自分を選んだのだ。

(騙《だま》されない)

彼の本心がわかるまで心を許すまい、たとえ純潔を奪われても。


薄物を脱ぎ捨て、恐る恐る湯に浸《つ》かった。

「痛っ」

戦いを終えたばかりの体には無数の傷がついている。痛めていた足首は温めると痛み出したので、そこだけ外に出した。

「失礼いたします。お体に触れますね」

侍女たちが四人がかりでアレリアの体を洗う。手につけた灰で肌を優しくさするのだ。彼女たちの手のほうが自分より細いし、色白だ。

(なぜ私を)

いくら考えても理由がわからない。悪趣味な戯れとしか思えなかった。

「皇帝とは、どんな男なんだ?」

侍女を取り仕切っている年嵩の女性に尋ねる。

「ご立派な方です。執務も武芸もご熱心で、それにお優しい方ですわ。私たちのような者にも」

信じられなかった。自分に対する傲慢《ごうまん》な態度が嘘のようだ。

「奥方との仲はどうなんだ。私がいても気にされないのだろうか」

その言葉に侍女たちは一瞬静まり返った。

「……皇帝陛下は皇妃様を大事になさっております」

それ以上誰もなにも言わない。

「それだけか? もし二人の仲がいいなら私は嫌われるじゃないか。恨まれて暗殺されるかもしれない」

年嵩の侍女がアレリアの黒髪を洗い出した。指の動きが気持ちいい。

「アレリア様はお気になさることはないのです。皇帝陛下に妾がいるのは珍しいことではありません。ましてやお二人にはお子がいないのですから、アレリア様がお子様を作ってくだされればロマーノも安泰ですわ」

結局それか。自分は彼の子を産むための道具なのか。

「……私は男女のことを知らない」

ぽつんとそう告げると年嵩の侍女が優しく髪を拭きながら言った。

「それでいいのです。すべて皇帝陛下にお任せになればいいのですわ」

「それでいいのか？　閨《ねや》でどうふるまったらいいのかすらわからないのに」

彼女は痣のはっきりと残るアレリアの腕や肩に触れる。

「私には皇帝陛下のお考えになることはわかりません。でもあの方があなたを選ばれた、そのことは確かなのです。だから閨でもアレリア様のままでよろしいのですよ」

そう言われても不安は去らなかった。

(女とは、男に抱かれるとたちまち夢中になってしまうのだろうか)

どんな試合の前でも感じたことのない恐れが湧《わ》き上がってくる。

(私はどうなってしまうのだろう)

自分が作り変えられてしまう、そんなことになったらもう戦えなくなる。

（いや、そんなことにはならない）

テルマエから上がり、先ほどかけられたものとは別の薄物を着せられた。風呂に入るだけでいったい何枚の布を使ったのだろう。すっかり水気を拭きとられると、たっぷりとしたトーガを着せられる。今まで触れたことのない、柔らかな生地だった。

いつも革紐で縛るだけだった黒髪もそのまま背中へ流れている。うなじがくすぐったい。手足の爪は油で磨かれて艶《つや》やかに光っていた。

「こちらでお待ちください。今食事を持ってまいります」

連れてこられたのは美しい白い部屋だった。寝台には薄物の天蓋がかかり、中にはたくさんのクッションが積まれている。部屋の中央には大きな花瓶に山盛りの花が飾られていた。

アレリアが寝椅子に体を横たえると、すぐに食事が運ばれてきた。貴族というのはこのような格好で食べるらしい。

兎《うさぎ》や雉《きじ》の肉、オリーブの実に果物……村では一年に一度食べられるかどうかという珍しい食材がふんだんに盛られていた。

「こんなにいらない、いくら私でも食べきれないぞ」

すると運んできた使用人は困ったような表情になった。

「貴族の方には食べきれないほど出さなければ失礼にあたります。残されたものは使用人が食べますので」

それを聞いても心は安らかにならない。

「もう下げてくれ。食べたかったら好きにするといい」

肉と果物を少し食べ、アレリアは食事を下げさせた。食欲はなかった。これから起こることで頭がいっぱいだ。

(彼は私をどうするつもりなんだ)

ただ子供を産ませるだけなら、すぐに終わるだろう。男女のことは知らないアレリアだったが犬や馬の交尾を見たことはある。

(早くこんな境遇から抜け出したい)

彼の望みが子供なら、それを与えるしかない。首尾よく男の子を産めば自由にしてくれるかもしれない。

(早く家族と暮らしたい)

母とコジナは故郷の村へ帰った。きっと自分を待っていてくれるだろう。

アレリアは寝台に横たわる。痛めた足首がまだ疼《うず》いた。


「……はっ」

いつの間にか眠っていたようだった。誰かが自分の足に触れている。

「なにをしている！」

思わず声が出た。皇帝ティウスが傍にいて右足を掴んでいる。

「動くんじゃない。今薬草を張ってやろう」

左足首は赤く腫《は》れ上がっていた。彼はそこになにか緑色のものを塗りつけようとしている。

「それは、なんだ？」

「トワネの山で取れる薬草だ。侍女からお前の足が痛んでいると教えられたからな」

薬草を張り、その上から麻布を巻かれると痛みがすうっと引くのがわかる。張りつめていた気持ちがふっと緩くなった。

「……ありがとう」

自然と口から感謝の声が漏れた。さすがのアレリアも皇帝が手ずから薬を塗ってくれることの価値はわかる。

自分を見つめるティウスの目がふっと細くなった。

「なんだ、なにがおかしい」

照れ臭さも伴ってつい言葉が荒くなる。

「そんな格好をするとやはり女に見えるな」

髪をたらし、柔らかな生地の服を着る。するとアレリアの女らしい体形がより強調される。

（馬鹿にしている）

ティウスの手から自分の足を奪い取るとアレリアは彼に向き直る。

「そうだ、私は確かに女だ。お前との子供も作れるだろう。それが目的なら早く終わらせてくれ」

アレリアは自ら服を脱ぎ捨てようと肩を剝き出しにする。その手をティウスが押さえた。

「お前は本当に男を知らないのだな。男は自分で服を脱がせたいものなのだ」

彼はアレリアの背後に回るとそっと肩から服を脱がす。

(あっ)

胸が露わになる前に思わず自分から隠してしまった。その手をティウスが摑んだ。

「どうした？　子作りをするんじゃなかったのか」

「わ、わかっている、ちょっと待て」

覚悟は決めたはずなのに、手が震えてしまう。

(こんなはずでは)

剣闘士の間は平気で人前でも着替えていた。それなのに彼の前で肌を晒《さら》すことが恥ずかしくて仕方がない。

「わ、私の体にはたくさんの傷跡がある。それを見たら抱けなくなるんじゃないか？」

それは嘘ではなかった。剣闘士として戦っている間に肌にはたくさんの傷がついていた。痣も入れると数えきれない。

するとティウスはアレリアの前に回り込んだ。

「そんなこと、もちろん承知している。私はお前のすべてが見たいのだ」

顔がかあっと熱くなった。それが羞恥なのか怒りなのかわからない。

「いやだ、そんな恥ずかしいことできるか！」

脱ぎかけた服を摑んでアレリアは体を押さえた。彼から女扱いされることがどうしても我慢できない。

「どうやら子作りの前にお前を女にしなければならないようだな」

ティウスはアレリアを引き寄せ、抱きしめる。

「なにをす……」

抵抗する間もなく口づけをされた。唇が柔らかい舌に覆われ、舐《な》められる。

「んんっ！」

こんなキスは初めてだった。唇だけではなく口の中まで彼の舌が侵入してくる。知らなかった感覚を教えられる――。

「やだっ」

必死に彼を押し返すと、彫刻のように整った顔がそこにあった。

「キスから教えなければならないのか。乗りこなすまで時間がかかるな」

「うるさい！　そんなことはしなくていい、子作りにキスなどいらないだろう」

彼は腿の辺りを撫でてくる。そうされるとぞくぞくする感触が湧き上がった。

「馬の子を作るのではない。皇帝の子を作るのだ。ろくに耕していない畑ではいい子供が作れないではないか」

ティウスはアレリアをベッドに押し倒す。そしてゆっくりと服を脱がしていった。

「やめろっ、離せ！」

我慢しようとしても体の奥から湧き上がる恥ずかしさに耐えられない。ティウスの顔を押しのけ、手を振り払う。

「こら、やめないか。縛られたいのか」

「黙れ！　皇帝だからといって手加減はしないぞ。本気で戦ったらどちらが強いと思う？」

剣闘士として過ごしていたアレリアはすっかり闘争本能が身についていた。すると彼の目がすっと細くなる。

「いい加減にしないか。お前の母と妹はまだ宮殿にいるのだぞ。あの二人に危害を加えてもいいのか？」

アレリアの全身から怒りの熱が噴き出した。

「卑怯だぞ、人質を取るなど」

「なんとでも言うがいい。お前を力で組み伏せることもできるが、怪我をさせてはもったいない。大事な体だからな」

彼はいったんアレリアから離れると、扉の外にいた召使になにか囁《ささや》いた。彼は急いでどこかへ走っていき、すぐに戻ってくる。

「お待たせいたしました、皇帝陛下」

ティウスは召使いからなにか受け取ると再びこちらへ寄ってきた。

「アレリア、これを持つんだ」

手渡されたのは卵が二つ、村でもよく見た普通の鶏卵《けいらん》だった。

「これは?」

片手に一つずつ卵を持ったアレリアが怪訝《けげん》な顔をする。そんな彼女の服にティウスは手をかけた。

「その卵が母と妹だと思え。もし握ってひびが入ったら、その数だけどちらかを鞭打《むちう》つ。右が母、左が妹にしよう」

「なんだって!」

ティウスの提案にアレリアは急いでそれを離そうとする。すると次の言葉が響いた。

「もしどこかへ置いても同じことだ。逃亡したとみなして鞭打ち、いや、もっと酷い目に遭うかもしれん」

「卑怯者め……!」

怒りに震えるがアレリアにはどうすることもできない。諦めてベッドへそっと横たわる。

掌には卵がすっぽりとはまり込んでいた。

「勝手にしろ、こんなことまでしなければ女をものにできないのか」

ティウスはアレリアの怒りに構うことなく服を脱がしていく。とうとう上半身が露わになった。

（あっ……）

アレリアは声なき悲鳴を上げる。自分の体が観察されているのに顔を上げることすらできない。少しでも動いたら卵をつぶしてしまいそうだ。

「美しい」

ティウスの口から漏れたのは、意外な言葉だった。アレリアはあおむけになったまま反論する。

「嘘をつけ、私が美しいはずがない」

生まれた時から農民で顔や手は日に焼けている。それに父から教わった剣をずっと続けているから腕にも背中にもしっかり筋肉がついていた。今日テルマエで体を洗ってくれた侍女のほうがよほど婀《あで》やかだった。

「いいや、お前はこの世で一番美しい女だ。闘技場で一目見て決意した、お前を私のものにすると」

不思議な気持ちだった。とても信じられない言葉だったが彼の口調には真実味がある。思わず信じてしまいそうなほど——。

「あっ」

彼の手が胸元に触れた。大きな膨らみを揺らすように掴む。そこは引き締まった胴とは反対にゆらゆらと不安定に震えていた。

「本当に男を知らないのか？　こんなに豊かな体をしているのに」

「放っておいてくれ、どっちでもいいだろう」

どうせこの男に散らされるなら、純潔などさっさと捨ててしまえばよかった。

（変に娘らしい気持ちを持ったばかりに）

村ではそれでも気のあるそぶりを見せる若者もいた。だがアレリアはそのうちの誰かを最初の男にするふんぎりがつかなかったのだ。

（最初の男が現れたらきっとわかる、心が引き寄せられるはず）

そんな男は結局現れず、自分はここで娼婦のように抱かれなければならない。

（私の男は結局現れなかった）

どうしてそんなことを願ってしまったのかわからない。

（愛する男はきっと、一目見ただけで胸が高鳴り、体が熱くなる——）

その時、ふっと目の前が暗くなった。

ティウスの顔が目の前にある。

(この男は)

卵を握った手が熱くなる。

(美しい)

どこまでも透き通った蒼の瞳、麦の穂のような金髪。

(こんな男が存在するなんて)

自分の体に触れるその指も繊細で、爪は花弁のように桃色だった。

その指が自分の唇に触れる。

(お前は)

いったいどういう人間なんだ。

「お前には、兄はいないのか」

不意にそう問われてアレリアは戸惑った。

「なぜそんなことを聞く?」

内心の動揺を悟られぬよう気持ちを押し殺してぶっきらぼうに答えた。

「お前のような女の兄はさぞ強かろうと思っただけだ。もしいるのなら都の兵士にしたい」

「私に兄はおりません」

きっぱり答えるとなぜか彼の顔が曇った。

「本当にいないのか?　子供の頃に死んだのか」

「いいや、我が父母に子供は私とコジナだけだ。兄の存在など聞いたこともない」

ティウスは一瞬考え込むような表情を見せた。だがその唇にすぐ笑みが浮かぶ。

「残念だな、お前のような兵士がいれば心強かったのに……」

その細い指が胸の先端に触れた。今まで感じたことのない戦慄《せんりつ》が全身に走る。

「あっ……」

白い指先が丸い乳首を摘まむ。小鳥が啄《ついば》むような優しい感触だった。それがかえってアレリアの官能を引き出していく。

「や、やだっ」

快感を押し殺したかった。だが力を込めると卵をつぶしてしまう。ただ横たわって耐えることしかできない。

「女だから、こうやって抱くことしかできない」

「私だって……兵士になれる……！」

自分が男だったらこうやって身を汚されることもなく、彼の兵士になれた。そのほうがずっとよかった。

「お前のために戦う、いい兵士になる。だから」

こんなことはやめろ、そう言いたかった。

だが先端を爪で引《ひ》っ掻《か》くように刺激されると背中がのけぞってしまう。

「いいや、お前はこれでいい。この体で私を楽しませるのだ」

両方の乳首を同時に摘まれる。アレリアはたまらず甘い声を漏らしてしまった。

「あああ……」

感じたくない、無理矢理抱かれているのに喘《あえ》いでしまうなんて……だが肌は勝手に熱を帯び、刺激を受けて震えてしまう。

「こんなの、いやだ……！　早く、終わらせてくれ……！」

子作りのためだけならこんなこと必要ないはずだ、屈辱的な時間を早く終えたいのにティウスはねっとりと乳首を揉《も》み続ける。

「ようやくいい表情をするようになった。可愛らしいぞ」

（嘘だ）

自分は酷い顔をしているに違いない。こんなに苦しくて、つらいのに。

「ひゃうっ」

散々摘まれて感じやすくなった乳首をティウスは口に含んだ。ぬるりと舌に包まれてアレリアは悲鳴を上げる。

「だ、だめっ」

舌の先端が凸凹を丹念になぞる。それだけで気が遠くなりそうだ。

「素直になれ、感じているんだろう」

（そんなこと、言えるか！）

抱かれるだけではなく、快楽まで感じてしまうなんて屈辱だった。せめてなにも感じずに終えたかったのに……。

「あ、ああっ」

すっぽりと唇に包まれ、軽く吸われるように刺激されるとそこがさらに大きくなるようだ。

「も、もうやめて」

とうとうアレリアの口から懇願の声が漏れた。これ以上刺激されたら体が変になってしまう。

ティウスはそんな反応を面白がっているようだった。

「なにがいやなのだ。お前の体はこんなに喜んでいるぞ」

「う、嘘だ」

「嘘ではない。こんなに大きく赤く膨らんで、もっと舐めて欲しいらしい」

「いやっ」

彼の顔が胸に覆いかぶさり、アレリアの胸をたっぷりと味わう。両方の乳首を舐め、軽く噛む、豊かな乳房にも舌を這《は》わせた。

丸い先端を中央に集めて、舌先で同時にちろちろと擽《くすぐ》られるとアレリアはもう限界だった。

「頼む、お願いだ、これを……」

「なんだ？」

「卵を、離させてくれ、もう、抵抗しないから……」

手の中の卵をつぶさないでいるためアレリアの腕は細かく痙攣《けいれん》していた。ティウスは体を起こすと彼女の掌をそっと包む。

「素直になるならやめてもいい。気持ちよかったらそう声に出すんだ」

「……わかった、わかったから」

卵が外された。その手で彼を押しのけることはもうできない。約束もあるが体の力が抜けてしまっている。

「ひゃう……」

再び彼が覆いかぶさってくる。赤く膨らんだ乳首を左右同時に摘まれ、アレリアは悲鳴を上げた。

「そこ、やだ……」

たっぷりと刺激されたそこはほんの少しの刺激でも感じ取ってしまう。

(私の体が変になってしまった)

男に触れられただけで熱くなってしまう、そんな肉体になってしまったのだろうか。

「あ、あ、ひあっ……！」

再び先端を吸われ、アレリアは思わずティウスの背中を抱きしめてしまう。その体は意外にがっしりとしている。

「可愛くなってきたな、もっと声を出すんだ」

「そんな、無理……ひゃうっ」

唾液で濡れた乳首を強く摘まれると勝手に声が出てしまった。胸だけではなく全身がうずうずと熱を持っている。

（あ、これ……なに？）

腿《もも》の間、恥ずかしいところがなんだか擽ったい。もじもじと足を擦《こす》りつけているとそこに彼の手がかかった。

「こちらも感じてきたようだな。確認してやろう」

「あ、なにを……！」

下に残っていた服も取り払われ、真《ま》っ直《す》ぐな足が露わになった。腿にはしっかりとした筋肉がつき傷や痣は数えきれない。

ティウスはそんな足を愛《いと》おしそうに撫でた。

「美しい足だ。神が作った彫刻のよう」

（そんな馬鹿な）

男のように筋肉がついた自分の足が美しいはずがない――だがティウスは足を曲げさせる

とその膝に口づけをした。

「あ……」

その感触はアレリアを陶酔の湖に引きずり込む。熱い舌に舐められると闘いで負った傷の痛みが消えうせるようだ。

「あ、あ、なに……?」

彼の顔がだんだん付け根へと近づいていく。足がどんどん開かされる。

「やめ……」

とうとう自分の足でティウスの頭を挟んでしまった。柔らかな髪が内腿に触れる。

「もっと足を開くんだ。すべて私に見せろ」

彼の手が意外な力強さで腿を開いていく。アレリアにはもう抵抗する力は残っていなかった。

(とうとう)

誰にも見せたことのない場所が暴かれてしまった。髪と同じ黒い茂みの下に彼の指がかかる。

「ひっ」

そこを大きく拡《ひろ》げられる。空気に触れたことのない場所が彼の目の前に晒されている、そのことが耐えがたかった。

「なるほど、綺麗《きれい》な色をしている。初めてというのは本当だったようだな」

それなのに彼はそこをじっくりと観察しているらしい。アレリアは屈辱と恥ずかしさで顔を手で覆った。

「早く終わらせろ、子供を作るんだろう」

だがティウスはそこから顔を動かそうとはしなかった。

「ここもしっかり耕さないといけない。まだまだ固いようだ」

彼の顔が足の間に侵入してくる。彼の息を中心に感じた。

「なにをする？　そんなところ……」

一番触れてはいけないところに彼の唇が触れた。そしてぬるりとしたものが谷間に侵入してきた。

「うあっ」

声を抑えるので精いっぱいだった。体の裂け目を開かれ、左右に拡げられる。その熱く湿った感触に官能が勝手に反応した。

「ひゃうう、ああ！」

知らなかった場所が開かれる、そこに新たな感覚が生まれる。

ここがこんなに敏感なんて知らなかった。

「だ、め……だめえ……」

抵抗したいのに力が入らない。谷間の奥から勝手に開いてしまう。

「初めてなのに感じやすいな。素質があるようだ」

ティウスは指でアレリアの肉をさらに拡げる。そして上のほうについている小さな粒を舌で包んだ。

「はうっ!?」

今まで感じたことのない感覚だった。背中がびくびくっと痙攣する。

「そこ、やだぁ……」

拒絶する声も弱々しい、自分の体がどんどん熱くなっていく。

(これは、なんだ?)

彼の舌の上でなにかが膨らんでいく。堪《こら》えきれない甘い戦慄が絶え間なく全身を襲った。

「いったい、どうなっている……」

細かく肌を震わせるアレリアにティウスは優しく言った。

「お前の体が女に変わろうとしているんだ。安心しろ、ちゃんと感じている」

(いやだ!)

こんなふうに無理矢理女にされたくない。犯されるだけじゃなく、体を変えられてしまうなんて。

「やめろ……こんなの、いやだ……!」

だが彼の舌が花弁を嬲《なぶ》るように蠢《うごめ》くと腰が勝手に浮き上がってしまう。

「やんっ」

その声は自分のものではないみたいに甘く、切ない。

「これほど蜜が出ているのにまだ認められないのか？　お前の体はもう私を求めている。開いて、欲しがっている」

(嘘だ)

彼の舌が自分の中を掻き回す、その感触はまるで蜜の入った壺を掻き回しているようだ。ちゃぷ……という小さな音にアレリアは懊悩《おうのう》する。

(こんなの、こんなのって)

柔らかな果肉の中で膨らむ小さな粒を彼の舌に捉《とら》えられ、甘く吸われる。ちゅうっという感触にもうアレリアは耐えられなかった。

「ひあああっ！」

彼の口腔《こうこう》内でなにかが弾けた。どうっと溢《あふ》れ、噴き出す。中心がびくびくと震える。

「あ、ああ……」

アレリアにははっきりとわかった。これが女の快楽なのだと。

(女にされてしまった)

剣の腕では彼にだって負けないのに、体の中心を捉えらえただけで肉体を変容させられてしまった。

（もう元には戻れないのか）

自分のそこは最初の熱が去ってもまだうずうずと熱を持っている。そこはもう知らなかった時には戻らない。

「感じたようだな、思ったより早かった。どうやら体は成熟しているようだ」

「……勝手にしろ、早く目的を果たしたらどうだ」

アレリアは顔を覆って目を閉じた。このまま犯されるのか、自分の体も自由に動かせないまま。

だが、ティウスは熱を持ったままのアレリアからそっと離れた。

「いいや、今夜は畑を耕しただけだ。これから水を撒《ま》き肥料をやって、芳醇な土地になってから種を蒔《ま》いてやろう。これからが楽しみだ」

「なんだと？」

再びトーガを身に着けるティウスに向かってアレリアは怒号を上げる。

「逃げるな！　こんなことまでしておいて最後までしないつもりか、それでも男か！」

そんな侮辱の言葉を投げかけられても皇帝は涼しい顔だった。

「野生馬にすぐ乗る者はいない。振り落とされて怪我をするだけだ。時間はたっぷりある。皇帝の寵姫としてよく躾《しつ》けてやろう」

きょとんとしているアレリアを寝台に残し、ティウスは静かに出ていった。入れ替わりに侍女が入ってきて体を拭いてくれる。

「お疲れでしょう。今白湯《さゆ》を持ってまいります。ゆっくりお休みください」

「……彼は私を抱かなかった」

体を嬲り、快楽を与えたが犯すことはしなかった。それがアレリアには理解できない。

「皇帝はなにを考えている？　やはり私が気に入らなかったのか」

息まくアレリアを年嵩の侍女は優しく宥《なだ》める。

「そうではありませんよ。アレリア様は戦いを終えたばかり。まだ傷も負っておられます。ティウス様にはお休みの前に怪我を確認するようにと言われております」

確かに右の足首を覆っていた布がずれている。侍女はもう一度薬草を塗り直すとしっかり巻き直した。

「さあ、これで大丈夫。戦場に持っていく薬草です、よく効きますよ」

「どうして……」

アレリアは理解できない。なぜこんなにティウスは優しいのか。

「なにか魂胆があるのか？　安心させて、私をどうするつもりなのだ」

侍女は驚いたように目を丸くする。

「まあ、アレリア様は本当に純粋でいらっしゃるのですね。男が女に惚《ほ》れた時は、それはそれは優しくなるものです。皇帝でも農民でもそれは変わらないでしょう」

(惚れている?)

彼が自分を本気で愛している、そんなことが本当に起こるのだろうか。

「皇帝は、本当に私のことが好きなのか? 本当は男がいいから、その代わりなのでは……」

恐る恐る尋ねると彼女は弾けるように笑い出した。

「まあ! 確かに皇帝陛下は剣術がお好きで奥方といらっしゃるより兵士たちといる時間が多いくらいです。でもベッドまでお相手する男はいないようですよ」

(では、なぜ私なのだ)

女が好きならいくらでも美しい女がいるのに、どうして自分のような頑健な女を選んだのか——理由がわからぬままアレリアは眠りに落ちた。

三　開かれる体と心

　翌朝、柔らかな朝の光で目が覚める。

「おはようございます、アレリア様。今湯を持ってまいりますね」

　年嵩の侍女が三人の女性を連れて部屋に入ってきた。彼女たちはアレリアの服を脱がすと全身を拭き上げ、新しいトーガを着せる。それは花のように鮮やかな橙色《だいだいいろ》をしていた。

「まあ、なんて美しい。この色がアレリア様に似合うと、ティウス様が急いで作らせたのですよ」

「あの男が？」

「はい、生地を海のようにたくさん並ばせてお手ずから選ばれたのです。アレリア様はお幸せですね」

　侍女の言葉に戸惑うしかなかった。農民のアレリアにとって服とは寒さを防ぐもので、似合うとか似合わないとか考えたこともなかった。

「さあ、こちらに姿見がありますからご自分でご覧になってください」

部屋の隅には銀を磨いて作られた姿見があった。少し歪んでいるがまるで水盤に映したような自分の姿がある。

(あ)

明るい橙のトーガはアレリアの日に焼けた肌によく似合った。大きい胸や腰もよく引き立てている。

肌に纏う布一枚でこれほど見た目が変わるのか、アレリアはしばらく立ち尽くしていた。嬉《うれ》しさと悔しさが入り混じる。

(彼によって変えられてしまう)

快楽を教えられ、新しい服を与えられる。やがて中身も変わってしまうのだろうか。

「彼は……ティウス殿はどこにいるのだ」

「朝はいつも剣のお稽古をされています」

「そこに連れていってくれ。一言お礼が言いたい」

礼とは口実だった。彼に会って問いたださなければ気が済まない。

(なにを考えている)

ただの気まぐれなのか。

本気で自分を気に入っているのか。

(嘘をついていたら許さない)

侍女に連れられてやってきたのは宮殿の中庭だった。花が咲き乱れる中でティウスは剣の練習をしている。

「もっと踏み込んでみなさい、腕ではなく腰を入れるのです」

年上の兵士がティウスに厳しい声をかける。皇帝は金髪を汗に濡らして模造剣を握り直す。

「よし、もう一度やってくれ」

兵士が打ち込んだ剣をティウスは弾き飛ばし、彼の胴に打ち込む。彼は顔を顰めながら笑った。

「お見事です。この太刀筋なら蛮族も逃げ出すでしょう」

「そうか？　その程度で追い払えるのは野犬くらいだ」

アレリアの声に二人はさっと振り返った。アレリアの背後にいた侍女が小さく悲鳴を上げる。

「まあ、なんてことを！」

「私は本当のことを言ったのだ。皇帝だからといって手加減をするのはかえって不忠ではないか」

ティウスより前に壮年の兵士が一歩踏み出す。

「お前は噂《うわさ》の女剣闘士だな。ならず者を何人か負かしたくらいで達人になったつもりか」

アレリアは彼をきつく睨みつけた。

「私の剣はならず者ではない。父は都の兵士だった、狼殺しと言われた男だ。私を侮辱するのは自分を汚すことになるぞ」

彼の顔は赤く染まるが、ティウスを気にしてかそれ以上反論しなかった。

「アレリア、もう起きたのか。足はどうだ、腫れは引いたか」

その時やっと気がついた。昨日まで腫れていた足首は今朝《けさ》起きるとすっかり治っていたことを。

「……大丈夫だ、ありがとう。この服も選んでくれたそうだな」

「ああ、よく似合っている」

その笑顔に幻惑されそうになる。そんな気持ちを振り払うようにアレリアは長いトーガの裾を捲《めく》り上げた。

「アレリア様！　なんてことを」

侍女たちが悲鳴を上げる。貴族の女は足を剝き出しにするなど考えられないことなのだろう。

「その剣を貸して欲しい」

アレリアが手を差し出すと壮年の兵士は黙って模造剣を渡した。微《かす》かに笑っているように思える。

「さあ、私と手合わせしよう。まさか奴隷との対決を恐れるような皇帝ではあるまいな」

ティウスは一瞬戸惑ったようだが、すぐに剣を構えた。その姿勢にアレリアも緊張する。

（できる）

確かに彼は腕がたつようだ。立ち姿に隙がない。

（だが、私だって剣で生き残ってきたんだ。負けはしない）

ティウスは打ち込んでこない。彼もアレリアの腕前を悟ったようだった。二人はしばらく中庭で対峙《たいじ》したまま動かない。

「陛下、躊躇ってはなりません。相手は奴隷、たとえ妾だとしても情けをかけてはなりません。容赦なく痛めつけて身分の違いを教えなければ」

（なんだと）

兵士はティウスが打ち込まないことを『情け』と思っているようだった。むかっ腹が立つ。

（まだ妾にもなっていないのに）

昨夜は散々乱れさせただけで、事を成そうとはしなかった。彼がなにを考えているのかわからない。

（剣を交えれば）

相手がどんな人間なのかわかる。臆病者か、卑怯者か。

「私は情けをかけているわけではない。彼女は本当に強いのだ。うかつに打ち込めば脳天に剣を食らう」

ティウスの言葉に体が熱くなった。彼だけは自分を対等な相手と認めてくれる。

「たあっ！」

アレリアはティウスに正面から打ち込んだ。彼はそれを受け、素早く胴を払おうとする。

「はっ」

アレリアは彼の剣先を弾き飛ばし、崩れた体勢へ切っ先を突き出した。もう少しで彼の脇腹を刺すところまでいった。

「くっ」

ティウスの口から呻《うめ》き声が漏れた。彼も真剣なのだ。すぐ脳天に剣が降ってきたがアレリアは剣を両手で持ってそれを受ける。

「くっ」

ティウスは剣を受け止めているアレリアごとつぶすように力を込めてきた。膝をつき、その力に堪える。

剣越しに目が合った。

（ティウス）

その瞳は、こんな時でも美しかった。

そしてどこかで見たような気がする。

（お前は誰なんだ）

初めて会ったはずなのに、どうしてこんな気持ちになるのだろう。

「やあっ！」

押し込んでくる力をずらすとティウスは思わず膝をつく。立ち上がってすばやく彼の頭へ打ち込もうとする。

「うっ」

だが、まだ治りかけていない足首が痛んだ。よろけるアレリアの喉元へ剣先が突きつけられる。

「私の勝ちだ」

体勢を崩しながらもティウスは攻撃を諦めていなかった。アレリアは諦めて模造剣を手放す。

「私の負けだ。殴るなりなんなり罰を与えるがいい」

だがティウスは剣を下げると優しく微笑む。

「いいや。もしお前の足が傷ついていなければ私の負けだった。きちんと基本ができているな。さすが狼殺しの娘だ。サドゥ！」

呼ばれた侍女が駆け寄ってきた。

「アレリアの足を見てやれ。今の試合でまた痛めたようだ」

侍女がアレリアの足に巻いてあった布を取ると、足首はまた腫れているようだった。

「ティウス、お前は誰から剣を習ったのだ？」

アレリアは立ち去りながら彼に尋ねた。

「なぜそんなことを聞くんだ」

「お前の太刀筋に覚えがある。私の父にそっくりだ」

それを聞いた兵士が割り込んできた。

「当たり前だ。皇帝陛下は私たち宮殿の兵士たちから剣術を習っている。お前の父が元軍人なら同じ太刀筋のはずだ。なんの不思議もない」

そうだろうか。同じ剣術を習っていても他人と父のものは違う。それは実際に剣を合わせなければわからないほど微妙なものだ。ティウスはそれを持っている。

(お前はいったい誰なのだ)

いぶかしく見つめるアレリアにティウスは手を差し出した。

「こちらへ来い。また薬を塗ってやろう」

「いい、サドゥにやってもらう……わあ！」

逆らうアレリアの体をティウスはひょいと抱え上げた。

「下ろせ！　一人で歩ける」

抗議しても彼の腕はびくともしなかった。彼は中庭にある東屋へ彼女を連れていく。

「見せるんだ……やっぱりまた腫れているではないか。治っていないのに無茶をするな」

サドゥが持ってきた薬草をティウスが手ずから塗りつける。新しい布も巻きつけられた。

「……足が万全ならもっと戦えていた」

悔しまぎれにアレリアはそう呟く。ティウスは微笑むと彼女の隣に座った。

「足が治ったらいくらでも手合わせしてやる。時間はたっぷりあるからな」

肩を抱かれ、引き寄せられる。蒼い瞳が近づいてきた。

「待て、お前はいったい」

誰から剣を習ったのか、そう尋ねる前に口づけをされた。

「んっ」

彼の舌がほんの少し突き出してアレリアの唇を擽った。内側の濡れた個所を舐められると背筋がぞくぞくする。

「昨夜はあんなにぐったりしていたのに……それほど元気ならもっと苛《いじ》めてやればよかった」

「馬鹿、そんなの、あ、駄目っ」

ティウスの手が胸に触れる。外での行為にアレリアは戸惑った。

「ここじゃいやだ、誰かに見られる……」

「私の宮殿だ、誰に見られようとも構わない」

気がつくとサドゥも他の侍女たちも消えている。アレリアは東屋の椅子の上に押し倒された。

「昨日で胸や谷間は感じるようになったな。今朝は全身感じるようにしてやろう」

「いやだ、そんなの……」

昨夜の行為ですらあれほど感じてしまったのに、その場所が増えたら自分はどうなってしまうのだろう。

彼に触れられただけで欲情してしまうのではないか。

ティウスはアレリアをうつ伏せにすると大きく開いた背中に唇を当てる。

「あ……」

背骨に沿って舌が走っていく。そんな愛撫《あいぶ》は生まれて初めてだった。未知の感覚に肌が反応して粟立《あわだ》つ。

「ひ、あ……」

拳を握りしめて声を堪えた。そうでないと、また甘い吐息を漏らしてしまう。

「お前は骨まで美しい。まるで鳩《はと》の翼のようだ」

彼の指が肩甲骨をなぞった。そのくぼみに舌が触れるとアレリアは咽喉《のど》をのけぞらせる。

「やあん！」

肌という肌が薄くなり、感じやすくなっている。ティウスの唇が吸いつくと甘い戦慄が全身を走った。

「ああ、あ……！」

いつの間にか彼の手が前に回って胸を包んでいた。薄物の下ですでに乳首は固くしこっている。

「ほら、こんなに感じている。もう準備は整ったようだな」

「違う……これは」

勝手に体が反応してしまっている、自分の意思ではない。

そう主張したいのに、乳首を摘まれるとまた体が燃え上がる。

「そこ、やめろっ……」

昨夜たっぷり刺激されたそこは、ほんの少し摘まれただけで飛び上がるほど感じてしまう。

「とても大きくなっている、こうされたいんだな」

きゅっと指で刺激されると耐えがたいほどの快楽が走った。

(駄目だ、こんな)

剣でなら互角で戦えるのに、ただ触れられるだけでなにもできなくなってしまっている。

(こんなの、いやだ)

悔しさに涙ぐむ。どうして自分はこんな体になってしまったのだろう。

「可愛いな」

耳元で彼の声が響く。

「どこが可愛い、こんな大女」

彼にのしかかられてもつぶれることのない厚みのある体、トーガから出る足もしっかりと筋肉がついている。

自分に可愛げがあるなんて一度も思ったことはない。

「私にとっては可愛い、この世で一番美しい女性だ」

「嘘をつけ、あ、あああ……！」

胸と背中を同時に刺激される。彼の唇を背後に感じ、乳首を摘まれると声が我慢できない。

「あっ……そんな……い、いいっ」

背中に口づけしながら囁くティウスの声が肌を通して聞こえてくる。

「剣を構えているお前の目がたまらない。戦いながら欲しくなってしまったよ」

「お、お前はおかしい」

「そうか？　それだけお前が美しいということだ」

背中を愛撫されながら乳房を両手で包まれる。そこの肌はもうすっかり熱くなっている。

（あ）

薄物を通して足の間に固いものを感じる。

(これが、男の)

昨夜は見ることのなかった、男性の徴なのか。

それは想像より太く、固かった。

(これが私に入るのか)

そんな場所が自分にあるとは思えなかった。無理矢理入れられたらどうなってしまうのだろう。

(怖い)

犯されることへの恐怖が初めて湧き上がる。

「離せ!」

無理矢理彼を押しのけてアレリアは逃げ出した。

「どうしたんだ、感じていたのに」

ティウスはいぶかしがりながら追いかけてくる。アレリアは理由を言うことができない。

(怖いだなんて)

彼に抱かれることはわかっていたはずなのに、今さら怖いなどとは言えない。

(でも、いやだ)

痛みが怖いのではない、彼によって完全に作り変えられることへの恐怖だった。

(私が私でなくなる)

彼に触れられることで内側から変わっていく自分が怖かった。

「待つんだ」

中庭から宮殿の廊下へ逃れようとするアレリアの手首をティウスが掴んだ。

「離してくれ、私をどうするつもりなんだ」

ティウスはそんな彼女を引き寄せる。その顔は真剣だった。

「すまない、怖がらせてしまったようだな。朝からこれほどするつもりはなかった。お前に魅了されてしまった」

彼の言葉にアレリアは思わず涙ぐんでしまった。

(わかってくれた)

自分の気持ちを彼は理解している、それを知った時ふいに感情が噴き出してしまった。

「私は、誰かと番《つが》うことなど考えたこともなかった。だから女としてどうやってふるまえばいいのかわからない」

彼はそっと自分の体を抱き寄せる。その仕草はまるで母のように優しかった。

「お前はそのままでいいのだ。私は闘技場で剣を振るうお前を好きになったのだから。何一つ変わる必要はない」

「でも……お前は私を変えようとしている」

感じさせ、女にしようとしている。

それがアレリアは怖かった。

「私はお前に変えられるのが怖い。お前の手で女に変えられる……そうなったらお前は私を嫌いになるか？」

すべて奪われ、ただの女になったら彼は自分を捨てるだろうか。ティウスの手が自分の頬を包む。

「お前はどんな目に遭っても変わらない。奴隷にされ剣闘士になっても魂は変わらなかったではないか。私に抱かれたくらいでどうにかなるお前ではない」

彼の蒼い瞳を見ていると、なぜだか故郷の村が思い起こされた。

(お前は誰なのだ)

彼の口調はまるで、自分をずっと前から知っているような雰囲気だった。

(私の何を知っている)

問いただしたい、だがそれを知るのが怖い。

(それを知ったら、本当に離れられなくなるかもしれない)

彼に身も心も囚われるのが怖かった。

(それが、一番怖いのかもしれない)

犯されるより、体を変化させられるより。

彼に心を奪われることが。

(でも、逆らえるだろうか)

彼の腕から、蒼い瞳から。

(怖い)

アレリアは再びティウスの腕から抜け出した。

「少し休ませてくれ、疲れた」

自室に向けてアレリアは歩き出した。そのあとをサドゥが慌ててついていく。


その夜、ティウスは部屋を訪れてもなかなかアレリアに触れなかった。

「どうした、今夜こそ子作りをするのではないのか」

宙ぶらりんの状況に苛立《いらだ》っていた。今度こそ成功させなければならない。

「こちらを見るんだ」

そう言われてティウスの顔を見ると、そこにはあの瞳がある。アレリアは思わず顔を背けた。

「なぜ私を見ないんだ」

胸が苦しい。どうして彼の顔を見られないのだろう。

「なんでもない、早くしてくれ」

子作りに顔を見る必要などない。顔を背けているうちに終わらせて欲しい。

そっぽを向いているアレリアの顔をティウスは両手で包んで前に向かせた。

「こちらを見ろと言っているのだ」

その瞳は空のように透明で、吸い込まれそう。

(やめろ)

体だけじゃなく、心まで変えようとするのは。

だが彼はそのままアレリアの唇にキスをする。

閉じている唇を蕩《とろ》かすようなキス。

「……お前の体を奪うのはたやすい」

顔を離したティウスの頬も少し上気している。瞳の透明度も増したようだ。

「だがそんなものになんの価値もない。お前の体も心も蕩かしたあとでなければ抱きはしない。覚悟を決めろ」

「いや……!」

服を脱がされると四つん這いの格好にさせられる。丸く盛り上がった尻が露わになった。

「庭で触れた尻の感触が忘れられない。艶やかで弾力がある」

尻の丸みを撫で回され、その狭間《はざま》に指が入ってきた。背後から優しく花弁をなぞられて背筋がぞくぞくする。

「やめろっ……」

「なぜ抵抗する？　朝はあんなに喜んでいたのに」

彼の巧みな指さばきはあっという間に雌核を探りあてる。根元をしごくように刺激されるとそこはあっという間に膨れ上がった。

(こんなの、いやなのに)

彼に触れられると体が変化してしまう。

彼の指に魔法がかかっているようだ。

「あうっ」

指先が敏感な丸い先端に触ると腰が跳ね上がってしまう。

そのまま彼はそこを優しく丸く触れ続ける。足の間がどんどん熱くなっていく。

「ほら、もうこんなに蕩けている。私が欲しいだろう」

「違う……これは……」

認めたくない。彼に触れられて感じているなんて。

「こんなに熱くなっているのに、まだ認めないのか？」

指の先端が中に入ってきた。浅く埋められただけなのに開かれる違和感がある。

「ひあっ」

果肉の浅い場所を掻き混ぜられる。ぴちゃぴちゃという水音が聞こえた。

体がどんどん淫乱になる。

「もう、やめて……」

こんな状況に耐えられなかった。体がどんどん淫乱になる。

「私を愛しているか？」

背後からそう囁かれる。ここで『はい』と言えばこの責め苦は終わるのだろう。

だが、それは言えなかった。自分の気持ちに嘘をつくことはできない。

(愛ってなんだ？)

無理矢理買われ、子作りのために抱かれる自分が人を愛することなどできるのか。

(これは愛じゃない)

触れられたら体が火照り、感じてしまうが――これは愛じゃない。

「お前なんか……愛していない」

そう呟くと、背後から抱きしめられて体を起こされた。

「そうなのか？　こんなに濡らして、胸だってこんなに尖《とが》っているではないか」

脇から入った手が両方の乳房を包み、先端を摘まむ。アレリアは思わずのけぞった。

「ああう！」

彼の指の間でこねられ、自分の乳首がどんどん固くなっていく。先端を爪で引っ掻くように刺激されると肌がぞくぞくする。

「こんなに感じているのに私が嫌いなのか？　それともお前は誰にでも感じてしまうような

淫乱なのか」

（違う）

否定したい。だがその思いを体が裏切っていく。

拒絶したいのに、肌は刺激を求めていた。

「あ、ふう……」

後ろから項に吸いつかれ、耳の後ろを舐められた。その繊細な舌先に翻弄《ほんろう》されてしまう。

「んっ、ん……」

ぺちゃぺちゃと耳たぶをしゃぶられる。そんなところが感じるなんて初めて知った。同時に胸を揉まれると全身が熱くなる。

「どうだ、少しは私のことが好きになってきたか？」

「いやだっ、そんなこと、言わないっ」

耳元で彼がかすかに笑う気配がした。

「ずいぶん強情な馬だな、調教に時間がかかりそうだ」

そして指を足の間に差し込む。そこには膨れ上がった淫核が潜んでいた。不意に直接刺激されたそこはあっという間に膨れ上がる。

「あ、ああうっ」

堪えきれなかった。アレリアは膝立ちのまま腿を震わせて達してしまう。

「ひゃうん……」

がくがくと震えながら腰を落としてしまうアレリアの目の前に彼の指が差し出される。

「見てみろ、こんなに濡れている。お前の蜜だ。これほど濡らしていて、まだ私が嫌いか？」

長い男の指が透明な蜜で濡れていた。アレリアは眼をそらしながら声を絞り出す。

「嫌いだっ……こんなことされて、好きになるわけない」

無理矢理感じさせられて、愛せるわけがない。愛とは、こんなものではないはずだ。

「お前と私の間に愛が芽生えるはずがない。私は買われた奴隷だ。対等な相手ではない」

そう言うとティウスはすっと体を離した。

「そうか、それは困ったな。私と対等な人間はこの国にはいない。誰も私とは愛が芽生えないことになる」

その表情にふっと引き込まれそうになる。蒼い瞳がなんだか悲しそうで。

(馬鹿な、なにを考えている)

相手は皇帝だ、女ならいくらでも代わりはいる。

それなのに、まるで自分が見捨ててしまったような気分になるのはなぜだろう。

「私はお前を本気で愛しているし、欲している。その気持ちの半分でも持ってもらえたら嬉しいのだが」

それだけ言うと彼はトーガを身に着け、部屋を出ていった。

「なにを考えているんだ、馬鹿野郎！」

思わず出ていった方角へ向けてクッションを投げつける。彼がなにを考えているのかわからない。

（なぜ、私を？）

なにもかも兼ね備えている男、地位も若さも、美しささえ彼に勝る者はこの国にはいないだろう。

それなのにどうして自分のような女にこだわるのだろう。なにも持たず、女としてもすぐれているとは思えないのに。

（なにか、罠《わな》があるのだろうか）

自分の心まで手に入れて、そのあと捨てるつもりだろうか。

そこまで考えなくても、子供が生まれたら用済みかもしれない。

（信じられない）

強大な権力を持った男の言葉など信じられない。

（それなのに、どうして）

彼に触れられると肌が敏感になってしまうのだろう。

（私はこんなに淫乱だったのか）

もし自分がただの淫乱女なら、いっそ娼館に行ったほうがいいかもしれない。名前も知らぬ男を相手にして、自分で金を稼いだほうがましだ。

(好きでもない男を愛さなくてもいいなら)

そのほうが気が楽だった。気持ちに嘘をつかなくていいから。

(それとも、これが愛なのか?)

自分でも気づかぬまま、彼のことを愛しているのだろうか。

(そんなこと、あるはずない)

彼は確かに美しく逞しい、だがそれだけだ。彼のことをなにも知らない。

(あの男は、いったい何者なのだろう)

一人取り残された部屋で、アレリアはいつまでも悶々《もんもん》としていた。

四　もう一人の女性

翌朝目覚めてもアレリアにやることはない。身支度を整えてただ漫然とティウスの訪れを待つだけだ。

「なにかやることはないか、掃除でも薪割《まきわ》りでもいいぞ」

そうサドゥに言うと彼女は慌てて首を横に振った。

「とんでもない！　アレリア様を働かせるなんて」

そう言われても、ただ部屋の中にいては体がおかしくなりそうだ。

「少し散歩したい。中庭なら出てもいいだろう」

「もちろんですが、あ、お待ちください！」

サドゥの返事を待たずアレリアは部屋を飛び出した。まだ昇りきらない太陽が心地よい。

「いろいろな花があるのだな」

中庭には村では見たことのないような花がたくさんあった。

「これはなんという花なのだ？」

「珍しいでしょう。遠く南の国から運ばれてきたのですよ。その国では崖の上に生えているのです。一株取れればもうひと家族が一年暮らせるほど高価なのですよ」

(そんなものがこんなに無造作に植えられているのか)

宮殿ではなにもかもアレリアの想像を超えている。毎日入るテルマエも、食べきれないほど供される食事も。

(ここで私のやることはあるんだろうか)

子供を作る以外、自分は放置されている。ティウスは皇帝の執務で忙しいのだ。

(もし、彼がここにいたら)

自分は嬉しいだろうか、それともつらいだろうか。

彼は自分を愛していると言った。

本心なのだろうか。

(ああ、いやだ)

いつの間にか彼のことばかり考えている。愛してもいないのに。

(あいつはきっと、私のことなど考えていないだろう)

夜、あれほど熱を持って抱いていた彼も朝は皇帝に戻る。きっと自分のことなど気にかけてもいないだろう。

(私はなんなんだ)

剣闘士として戦っているほうがやりがいがあった。あの時は自分の腕に家族の運命がかかっていたから。

故郷で畑仕事をしている時も幸せだった。貧しかったが自分のやることはいくらでもあったから。

ここは豊かだしなんでもある。でも自分のいる意味が見いだせなかった。

(子供を産むしかないのに)

ティウスは未《いま》だ子作りをしようとしない。自分はなんのためにいるのだろうか。

ぼんやりと花を見ているアレリアの背後からサドゥが声をかける。

「アレリア様、ご覧なさいませ……！」

振り返ると薄暗い廊下の中に金髪の頭がある。

(まさか)

今自分が思い描いていた人物が、そこにいた。

「なにをしているんだ？」

ティウスはにこやかに近づいてくる。

「なんでもない、花を見ていただけだ、悪いか？」

あえてぶっきらぼうに言う。きまりが悪くて仕方がない。彼のことを考えていたことがばれそうで。

「お前こそなにをしているのだ。皇帝としての執務は果たしたのか」

彼は廊下から陽光の中に出てきた。金髪が美しく光る。

「一段落ついた。あなたの顔を見たくなったのだ」

彼の言葉に顔が熱くなる。

「傍にいなくてもお前のことが脳裏に浮かぶ。今なにをしているか心配になるのだ」

(私のことを考えていた)

胸が苦しい。そんなことを言われると気持ちが揺らいでしまう。

「ま、真面目《まじめ》に仕事をしろ。私は勝手に過ごしているから気にするな」

恥ずかしさのあまり口調が荒くなってしまう。そんなアレリアの肩をティウスが後ろから抱いた。

「そんなつれないことを言わないでくれ。私はお前のことで頭がいっぱいなのに」

(そんな)

そんなことを言われたらどうしていいのかわからない。

自分だって彼のことばかり考えているのに。

(この気持ちはなんなんだ?)

ある人間のことばかり考えてしまう、これをなんと呼ぶのだろう。

(恋?)

それは認めたくなかった。彼は皇帝、自分は奴隷なのだから。

「私は部屋に戻る。お前は仕事に戻れ」

無理矢理彼の手を振り払ってアレリアは廊下を歩き出した。その後ろをティウスがついてくる。その時、目の前に華やかな光が現れた。

(あの人は)

長い金髪を肩に垂らし、精霊のように現れた女性。背後には侍女たちがずらりと並んでいる。身に着けているトーガは繊細な織物だし、細い首には金の鎖がいくつも巻かれている。

アレリアにはすぐにわかった。彼女がティウスの妻、この宮殿の妃、ドミナに違いない。

「ティウス様」

彼女は風のように夫に駆け寄るとアレリアのほうへ視線を向ける。

「この方が女剣闘士ですの？　宮殿は噂で持ち切りですわ」

ティウスはアレリアの背中に手を置いてドミナのほうへ向かせる。

「紹介が遅れてすまなかった。彼女はアレリア、一昨日《おととい》から私のものになった女性だ」

アレリアはドミナの目を見ることができない。俯いたままもごもごと挨拶をする。

「皇妃様、お目にかかれて光栄です……」

するとドミナが自分に近寄り、手を取った。その柔らかな感触にアレリアはどぎまぎする。

「あなたの話は聞いたわ。家族のために戦ったのね。今の境遇は本意ではないかもしれないけど、私はあなたが死ななくてよかったと思っているのよ」

涙が溢れそうになった。自分の夫を奪った相手にこれほど優しい女性がいるだろうか。

「皇妃様、もったいない。あなたほどの方がいらっしゃるのになぜ」

自分を、と言いかけたところでティウスが二人の間に入った。

「ドミナ、彼女はこれから休むところなのだ。部屋に連れていったらすぐあなたのところへ行こう。少し待っていてくれ」

ドミナは小さな顔をほころばせる。

「まあ、私のことなどいいのですよ。彼女の傍にいて差し上げて。私はこれから中庭でお花を摘むのよ」

ドミナは侍女と共に去っていった。彼女の背中には見事な金髪が揺れている。

「さあ、行こう。今日は一日部屋でゆっくりするといい。今夜また訪ねるから」

そう言われてアレリアの心に暗雲が垂れ込める。

(なぜ)

あんな美しい妻を持ちながら自分を抱くのか。

(私のせいであの人が苦しんでいる)

そう思うとたまらなかった。

「一人で戻れる。お前はあの人の傍にいてやれ」

「だが……」

「いいったら、一人にしてくれ！」

ティウスを振り切ってアレリアは廊下を歩む。後ろからサドゥが慌てて駆け寄ってきた。

「アレリア様、そんなに急がれたら私が追いつけません」

「平気だ、一人で戻れる」

今は誰にも会いたくなかった。

(なぜ)

あんな美しい妻がいるのに、あれほど優しくしてくれるのだろう。

女としてなにもかも、彼女のほうが勝っているのに。

(あ)

廊下の角を曲がり、部屋の前に来たところで中庭のほうを見る。花の陰から二人が見えた。

「この花、やっと咲いてくれたわね」

それは先ほどアレリアが知ったばかりの南に咲く花だった。

「去年は枯れてしまったものだな」

ドミナが嬉しそうに笑った。

「そうなの、冬に屋敷の中に入れて暖かくしたからだわ。とても綺麗」

金髪の二人が並んで話している、それだけで絵のようだ。

(私がいなくてもいいじゃないか)

言い知れぬ悲しみに襲われてアレリアは寝台に倒れ込む。

(ティウスは私をどう思っているのだろう)

一時の遊び相手、それとも丈夫な子を産むための道具。

どちらにしてもむなしい立場だった。

(早く終わらせたい)

一日でも早く子供を作り、ここから出ていきたい。

アレリアは天蓋の中に潜り込み、赤ん坊のように体を丸めた。

いつの間にか眠っていたようだった。目覚めると太陽はかなり傾いている。

「アレリア様、お目覚めですか。テルマエに参りましょう」

昨日と同じように豪奢な湯船に入る。湯から上がると全身に香油を塗りつけられ、肌を柔らかくされる。

(今夜こそ)

昨日は嬲られるだけで終わったが、今夜こそ彼に犯されるはずだ。

恐れはあるが、ここから逃げるためには必要なことだ。

『あなたが生きていてよかったわ』

あんな優しい人を、これから先ずっと悲しませたくない。

(私のいるところはやっぱりあの村)

母と妹は土地を買い戻して再び故郷の村に戻っている。

いつかそこに帰りたい。三人でまた麦を作る。

その頃には妹のコジナは結婚しているかもしれない。自分はその子を一緒に育てよう。

「アレリア様、このドレスもお似合いですわ」

湯から上がると用意されていたのは真紅のトーガだった。体に羽織ると自分の体にしっとりと纏わりつく。

(今夜)

いよいよ自分は彼のものになるのだろう。

(痛くてもかまわない。剣で切られるほどではないだろう)

自分の体にはいくつもの刀傷がある。肌を切られると痛みで全身が粟立ち、恐怖が湧き上がってくる。それを押し殺して相手を倒してきた。

(私は大丈夫)

寝台に座り、ティウスを待ち構える。これから闘技場へ出る剣闘士に戻った気持ちだった。

ティウスは夜更け過ぎにようやく表れた。

「遅くなってすまない。財務のことで大臣と話し合っていた。眠っていてもよかったのだぞ」

「私は、大丈夫だ」

本当は待っている間に緊張で胃が痛んでいた。野犬のように部屋をうろうろとしていた。だがそんな気配を出すわけにはいかない。

(彼に抱かれなければ)

寝台で隣に座ったティウスのほうへ体を寄せる。彼が驚いたようにこちらを見た。

「どうしたんだ」

「お、お前のことが気になっただけだ、悪いか」

蠟燭《ろうそく》の明かりの中、落ち着いて見る彼の顔は——美しかった。

(人形のよう)

職人が丁寧に作った大理石の彫刻みたいだった。唇の縁すら優雅な曲線を描く。

(なんて綺麗な人)

もしこんな立場じゃなかったら、皇帝と奴隷の間柄ではなければ、もっと違った気持ちになれただろうか。

「美しいよ」

美しい男がそんなことを言う。アレリアはどう返していいのかわからない。

「私のどこが美しいのだ？　奥方のほうがよほど美人ではないか」

つい本音が漏れてしまった。昼間見た二人の光景が脳を離れない。

「ドミナのことか。彼女はあなたとは関係ない。私はお前のことが……」

その言葉に抑えていた気持ちが暴発した。

「嘘をつけ！　彼女のほうがなにもかも美しい、それなのにどうして私を選ぶ。本当のことを言え！」

興奮するアレリアをティウスはきつく抱きしめた。

「どうして信じてくれないんだ。私は本当にお前のことを愛している。闘技場で見てこの上なく美しいと思った」

「嘘だ……」

信じられない、だが彼の体は温かかった
「その言葉をどうやって信じればいい？　お前は皇帝で、明日にでも私を殺すことができる」

ティウスは体を離すと自分をじっと見つめる。

「他の女がよければいくらでも代わりはいる。だがお前の代わりはいない。お前のような女はどこにもいない」

「当たり前だ、こんな男みたいな女、見たこともないだろう」

ティウスはアレリアの顎を上に向かせる。

「お前が闘技場に現れてから、目が離せなかった。こんな気持ちになったのは初めてだ。お前も同じ気持ちだと嬉しいのだが」

(私の気持ち)

自分はティウスのことをどう思っているのだろう。考えたこともなかった。

(だって、私の気持ちなんか誰も思ってくれない)

村から連れ去られ、奴隷になった自分はただ生き延びることしかできなかった。闘技場で死ぬはずだったのを彼に助けられたが自分の意思ではない。

(私はお前の子供を産むことしか許されていないのに)

これ以上、心まで欲しいというのか。

アレリアは目の前にいる皇帝の顔を睨みつけた。

「私はお前のことなんか好きじゃない。お前だってただ丈夫な子が欲しいだけだろう。正直に言えば黙って抱かれてやるから白状しろ」

彼はそれを聞いて悲しそうな顔をした。

「これ以上どうすればいいのだ。私の心臓を取り出してお前に差し出せばいいのか」

蒼い瞳が揺れているような気がして、アレリアは思わず顔を背ける。

「ドミナ様にも同じことを言っているだろう」

そう呟く声にも力がない。

「お前が彼女のことを気にするのはわかる。私は彼女のことも大事に思っている。だが彼女への気持ちとお前の想《おも》いは別のものだ」

「それをどうやって証明できるんだ！　お前の心をどうやって見たらいい？」

彼の美しい眉に苦痛の皺が寄る。下瞼にうっすら涙が浮かんでいる。

「私の心をお前に見せられたらいいのにな。どれほどお前を欲しているか、心からお前を愛しているのに」

彼の涙に胸が破れそうなほど心が痛んだ。

(なぜ？　彼のことなんか好きじゃないのに)

でも、もしこの言葉が本当だったら。

彼が、皇帝が本気で自分を愛しているとしたら。

自分はどうするのだろう。

(私は、彼のことを)

「どうしたら信じてくれる？　私はもうなにをしたらいいのかわからない」

そのまま寝台に押し倒され、耳元にキスをされた。

「もっとお前の体を蕩けさせて、余計なことを考えないようにしようか」

「待て、もうそれは……あ、ああ……！」

もう終わりにしたい、早く彼の子供を作りたいのにティウスはトーガを脱がせながら肌に唇を這わせる。

「何度も感じさせてやろう、私なしではいられない体にするよ」

「やだっ、そんなの……」

お前の子供を産んだら自分は離れる、故郷の村に戻るのだ——そんな思いは熱っぽい感覚に埋もれていく。

「あ、ああ……」

大きな乳房を鷲摑《わしづか》みにされ、先端をちろちろと舐められると強烈な快楽がアレリアを襲う。

(どうしてこんなに感じてしまうんだ？)

痛みなら堪えられるのに、快楽には抵抗することができない。

これは自分の意思が弱いのか、それとも女の体だからなのか。

(どうしてこんな体に)

ティウスの舌が肌を這う。丸い乳房をねっとりと這い回る。

「ひああ……」

未知の感覚にアレリアはただ喘ぐだけだった。

「なんて綺麗な肌だ。艶やかで、大理石のよう」

「嘘だ……傷だらけで、日焼けしているのに」

するとティウスはわき腹に刻まれた傷跡に舌を這わせる。

「ふああ」

「お前は傷も美しい。野生の馬だ。逞しく、しなやかだ……」

彼の声に熱がこもり、執拗に肌を責める。やがて足が開かされていく。

「あ、駄目……」

そこを嬲られたらまたいいようにされてしまう。アレリアは慌てて足を閉じようとした。

「開いてごらん、今夜も可愛がってやろう」

「もうやめてくれ、そこは……」

ティウスは体を起こすとアレリアの足首を摑み、腰を上に向けさせる。そのまま足を曲げられたので蛙《かえる》がひっくり返ったような格好になった。

「なにをする！」

恥ずかしいところが上向きに晒されてしまった。ティウスは意外な力強さで足を固定する。

「もっと、感じるようにしてやろう」

「やめっ……」

彼の指が自分の花弁を摘まみ上げ、まだ中に隠れている感じやすい粒を指先で転がす。

る。

「あ、あああ」

ティウスはそこを優しく擦り上げる。指の間でそこがあっという間に膨れ上がるのがわかる。

「ほら、もうこんなに大きくなってきた。感じているのにどうして隠すのだ?」

「気持ちよくなんか、ない……」

認めたくなかった。たったこれだけで気持ちよくなってしまうなんて、白状できない。

ティウスはアレリアの反応を楽しむように指を蠢かす。

「ひああ……」

体が高まっていく、あのせつないような感覚が溜《た》まっていく。

「もう、もう駄目だ……」

とうとうアレリアは切ない声を出してしまった。このままでは彼に見られながら達してしまう。それだけは避けたい。

だがティウスはその声でますます指の動きを速めた。

「もういってしまうのか? 指で触れているだけなのにずいぶん上手になった」

「う、うるさい、あ、ひあっ」

ティウスがそこをつぶすように擦るともう堪えきれなかった。彼の指を汚しながらアレリアは絶頂を迎える。

「あ、あうっ！」

びくびくっと全身の筋肉が震えた。またいってしまった、しかもこんなに早く……恥ずかしくてアレリアは彼の顔を見られない。

ティウスは足を下ろすと彼女の上に覆いかぶさる。

「可愛らしかったよ。強いお前がそんな声を出すとたまらない気持ちになるんだ。もっともっと、感じさせてやりたい」

「やめろ、もうこれ以上……」

ティウスの腿がアレリアの足の間に挟まる。しっかりと筋肉のついた足が火照ったそこを擦り上げるように動く。

「や、そんなふうに、動かすなっ」

達したばかりのそこは熱を帯びて濡れている。その感触が彼にわかってしまう。

「お前も、動かしてごらん」

恥ずかしいのに、いやなはずなのにアレリアはいつの間にか自分から彼の足を腿で挟み、擦りつけていた。

（どうして、どうして……）

一度達しただけの体は勝手に快楽を求め、動いていた。彼の足に体を擦ると甘い戦慄が蘇《よみがえ》ってくる。

「お前のそこはまだ熱いね、濡れているし、もっと欲しがっている」

（こんなの、嘘だ）

こんな姿は晒したくないのに、自分から腰を押しつけ腕を回してしまう。

「ああ……ああ」

ティウスはそんなアレリアの頭を抱きしめ、口づけをする。

「好きだ、アレリア。私のものになってくれ」

「そんな……」

「頼む、嘘でもいいから言ってくれ。私を愛すると」

アレリアは混乱する。もちろんそんなことは言いたくないがこれ以上嬲られたら頭がおかしくなりそうだ。

「言ったら……最後までしてくれるか？」

宙ぶらりんなままで留《とど》めておかれるのはつらすぎる。いっそ犯されたほうがましだった。

「ああ、お前が私を愛してくれればしてあげるよ。お前を私のもので満たしてやろう」

アレリアは彼の耳元で囁く。

「……している」

「聞こえない、もっと大きな声で言って」

もうやけくそだった。体はもうとうに熱く潤んでいる。早く終わらせて欲しい。

「愛している、愛している、お前のことを」

ティウスは抱き合ったまま彼女の顔を覗《のぞ》き込む。

「私もだ、愛しているよ。お前は私の妻と同じだ」

不思議なことに、彼の言葉で体の力ががくっと抜けた。

(愛している)

それは聞いても話してもアレリアの内面を変化させる。

(愛している)

まるで、本当に自分が彼を愛しているかのよう。

(まさか)

自分の言葉で自分が変化させられる。

(このままでは、彼を愛してしまう)

必死で意識を保とうとする。だがティウスは再びアレリアの足を開かせた。

「さあ、もう一度いかせたら抱いてあげるよ。今度はたっぷり気をやるといい」

「ああ……そんな……」

こんな気持ちのままいかされたら自分はどうなってしまうのだろう、アレリアは恐怖した。

「いやだ、このままやってくれ……!」

足をばたつかせて暴れたが快楽に包まれている体はふわふわと力がこもらない。

「どうやらまだ女になりきってないようだな。今日は奥まで可愛がってやろう」

ティウスは昨日のように体の奥へ唇をつけた。もう腫れ上がっている雌核はすぐ反応して頭を持ち上げる。

(ああ……駄目だ……!)

こうなってしまうともう抵抗ができない。アレリアはティウスのなすがままになってしまった。

「可愛いよ、こんなに綺麗に花が開いている。もうすぐ女の体になりきる」

彼は再び花弁に口づけをする。その舌はアレリアのさらに奥へと進んでいった。

「あ……? なにをする……?」

自分の体がそこまで開くなんて、信じられなかった。彼の舌は穴倉に忍び込む蛇のように入り込んでくる。

そして、狭く濡れた奥で舌先がぴくぴくと蠢いた。もうアレリアは我慢できない。

「やああっ、駄目、いくうっ!」

まだ未熟な果肉がきゅううっと収縮して、熱い蜜を噴出した。処女なのに何度も達してしまう、快楽が抑えられない。

「離せ、もう、これ以上……」

ティウスはまだ痙攣している花弁に吸いつくようなキスをした。体内の蜜をちゅううっとすべて吸い取られる——。

「ひ、ひ、ああ……」

彼の口の中で三度目の絶頂を味わった後、アレリアは意識を失っていた。

五　陥落

翌朝目覚めるとティウスはもういない。慌てて体を確認するが、まだ決定的なことは起こっていないようだった。

(しまった)

昨夜最後までしてもらうはずだったのに失敗してしまった。

(どうして)

あんなに感じさせたのに、どうして最後までしなかったのか。

(妻と、言ったのに)

あの言葉を思い起こすと胸のどこかがちくりと痛む。

(彼には妻が、あんな美しい妻がいるのに)

奴隷の身分である自分が妻になれるはずもない。あんなことを軽々しく言うティウスのことがわからない。

(彼は本気で、あんなことを?)

愛していると言った、彼の言葉は真実なのか。

確かにティウスは夜甘く囁いてくれる。だが朝までいてくれたことはない。自分と同衾《どうきん》したあと妻の元へ行っているのだ。

(やはり妻のことは愛しているのだろうか)

「お目覚めですか、ただいま蜂蜜の入った水をお持ちしますね」

部屋に入ってきたサドゥを捕まえてアレリアは尋ねた。

「頼む、ティウスのことを教えてくれ。私は田舎に住んでいたので彼のことはよく知らないんだ」

彼女は驚いたように口を覆う。

「まあ驚いた。あの方のことをご存じなかったのですか?」

都市暮らしの彼女には皇帝のことを知らない人間がいることなど想像すらしていなかったらしい。

「ティウス様は先の皇帝、マリーオ様の正統なお血筋なのですよ。皇妃センテア様がお産みになったのです」

だがロマーノは皇帝の子供だからといって自動的に即位できるわけではない。皇帝や高位貴族の子供たちの中から評議会が候補を選び、市民の選挙に勝たなければならない。

彼のライバルはあのグラウスだった。彼の母は商人だったが実家の金をつぎ込んで評議会の票を掻き集めたと言う。

「ところがティウス様に対する市民たちの人気があまりに高く、買収された貴族たちも金を返してティウス様に投票したのです。蓋を開ければ評議会は全会一致、市民の票も一番でした」

「どこがよかったのだ？」

そう尋ねるとサドゥは信じられない、といったふうに顔を横に振った。

「どこが？　おわかりにならないのですか、あれほど美しく、しかも剣の腕も立ち勉強熱心な方はこの世にいませんわ。それにお人柄も素晴らしいのです」

（どこがだ）

反論したかったがアレリアはぐっと堪えて続きを促した。

「それで、奥方との仲はどうなのだ。彼女も美しいではないか」

するとサドゥの顔がふっと曇る。

「ええ、ティウス様とドミナ様はとても仲がおよろしいのです。もともと従兄妹《いとこ》同士で子供の頃からお知り合いでしたから、きっとご兄妹のような感覚なのですわ」

その言い方に引っかかるものを感じる。

「お二人の間にまだ子供はいないようだが、なにか問題が？」

サドゥはしばらく黙っていた。

「私どもは陛下の閨まではわかりません。そこに携わるのは使用人の中でもごく一部の者ですもの……でも、噂はあります」

「どんなものだ。知っておきたい」

アレリアが懇願すると、サドゥは口を耳元に近づけてきた。

「……ドミナ様は、まだお綺麗な体なのです。結婚して三年ですが、最後までされたことはないようです」

驚いた。あれほど美しい女を前になにもしない男がいるだろうか。しかも正式な妻なのに。

「どうしてだ？　なにか理由があるのか」

「わかりません、陛下のお考えになることは……ドミナ様はそのことでずいぶんお悩みになっていますわ」

そうだろう。全国民が皇帝の子供を待っているのに放置されては、妻としても皇妃としてもつらいに違いない。

「どうしてそんな残酷なことをするのだ。あの皇帝はどこかおかしいのではないか？」

するとサドゥは含み笑いをする。

「男と同衾するほうが好きな方もいらっしゃいます。ティウス様もそのような方だと……妾を作ることもされませんでしたし。あの方がご興味を持ったのはアレリア様ただ一人なのですよ」

それを聞いても嬉しいどころかぞっとする。やはり自分は男の代わりなのか？

「やはり私が男みたいだから興味を持ったのか？　こんなに日焼けをして背も高いし、体は傷だらけだ。普通の男はこんな女は好かないだろう」

サドゥは困ったように俯いた。

「私にはわかりかねます。もし本当に男の方がいいなら男娼だって呼ぶことはできますし……でも、そんなこともなかったのです。本当にアレリア様が初めてのお方なのですよ」

そこまで言われて困惑するしかない。自分のどこがそんなによかったのだろう。この国のすべての女も男も超越するような魅力など自分にあるはずがない。

「……私はどうすればいいのだ」

当惑するアレリアをサドゥは優しく慰める。

「今はただ陛下の寵愛を素直にお受けになったらいいのですよ。そのうちお子もできましょう。そうなればもう奴隷ではありません」

そうは言ってもまだ完全に彼の女になりきっていない。

（普通の女は、閨でどうふるまうのだろう）

剣は習ったが、そんなことは誰も教えてくれなかった。

「皆ティウス様のお子を待ち望んでいるのです。このままではグラウス様のお子が皇帝の座を継ぐことになりますわ」

その名に聞き覚えがあった。ティウスに出会った時、自分と彼をあざ笑った弟。

「彼にはもう子供がいるのか」

そう尋ねるとサドゥは少し顔を曇らせる。

「ええ、しかも何人も……奥方だけではなく、妾や娼婦にも子供を産ませているのです。とにかく女好きな方で」

ティウスに子ができなければ皇帝候補はグラウスの子供から選ばれる。

「でも、グラウス様は人気がございませんから。あの方のお子が皇帝になられたら市民の心が離れますわ」

皇帝が市民から嫌われたら施政が混乱する。皇帝の子作りは一個人のものではなく国全体を揺るがすものだった。

(それなのに、なぜ)

妻を抱かず、妾も作らず自分のような女のでき損ないを選ぶのか。

(やはり、どこか歪んでいるようだ)

周囲の人間にはわからない、暗い欲望があるのではないか。

それを一心に受けるのが自分一人だと思うとぞっとする。

「そんな重大なことを私だけに任せられても困る。奥方が気に入らないならもっと妾を作るべきではないか？　田舎には私のような頑丈な女がたくさんいるぞ。兵士を送って探させればいい」

するとサドゥは困惑の表情を浮かべる。

「ティウス様は、そう言ったことはきっとお嫌いですわ……」

「なぜだ、皇帝がたくさんの女を集めるのは普通のことではないのか」

彼女は一度ため息をつくと、小さな声で言った。

「確かに先の皇帝は女性がお好きでした。奥方はいつも寂しそうで……ティウス様はそんなお母さまを間近に見ておられました。それに……」

そこで彼女は言いよどむ。アレリアは先を急《せ》かした。

「それに、なんだ？　他になにがある」

だがサドゥはそれ以上口を開こうとはしなかった。

「いいえ、私が知っているのはこの程度です。とにかくティウス様は誰よりも真摯で聡明なお方です。安心して体をお任せになればよろしいですわ」

(安心などできるか！)

彼に触れられるたびに体が変化してしまう。彼が自分をどうするつもりなのかわかるまで安心などできない。

(どうやって彼の心を確かめればいい？)

ただの気まぐれなのか、それとも本気で自分のことを——。

(いや、そんなことがあるはずはない)

国中の女を望める彼が自分一人を選ぶはずがないのだ。

(なにか魂胆があるはず)

彼の心を見極めたい。それにはどうすればいいのだろう。

「サドゥ、あなたは結婚しているのか?」

不意に問われた彼女は顔を赤くした。

「なにをおっしゃるのです? ……同じ宮殿で働いている夫がおります」

アレリアは彼女の手を取って引き寄せる。

「どうか教えてくれ。男の心を知るにはどうしたらいい? 私はその道にまったく疎いんだ」

サドゥは困惑して目を白黒させる。

「私だってわかりませんよ! うちの亭主がなにを考えているかなんて」

「そんな……夫婦でもわからないのか?」

項垂《うなだ》れるアレリアをサドゥが慰める。

「あなただけではありません、皆相手の気持ちなどわからないものです。でも」

そこで彼女は言葉を切って大きく息をつく。

「言葉だけではなく、やることを見ることですよ。口ではなんとでも言えますが行動では嘘がつけません。ティウス様の言葉ではなく、なさったことをお考えください」

やったこと……それを思い出すだけでアレリアの頬は熱くなる。

（彼のやったことなんて）

自分を辱め、嬲るような行為ばかり。

それなのに肝心のことはまだしていないのだ。

（あれをどう思えばいい？）

なにを読み解けばいいのかアレリアにはわからない。

（私には男の心を読むなんて無理だ）

仕草や視線から愛を悟るなんて芸当、できそうにない。

（今夜、はっきり確かめてやる）

彼がどういうつもりで自分を選んだのか。

（ただの子作りだけだったらそれでいい）

自分も役目を果たすだけだった。

（でも、もし）

自分が本気で愛されているとしたら。

（どうすればいい？）

その答えはまだ出せないまま、夜になっていった。

その夜、いつものようにティウスはアレリアの元を訪れた。

「昨夜はなぜ最後までしなかった？」

天蓋の寝台に横座りし、アレリアは尋ねる。

「お前が気を失ったように眠ってしまったからだ。まだ疲れが残っているのだろう。私は急がない、ゆっくり私のものになればいい」

彼は頭をアレリアの膝に乗せる。金色の髪は綿のように柔らかい。

「お前は……本気で私のことが好きなのか？」

本音をぶつけるとティウスの頭が少し動いた。

「どうしてそんなことを言うんだ？　私の言葉がまだ信じられないか」

(言葉ではなく、行動を見るのです)

サドゥの言ったことが脳裏に浮かぶ。

「信じられるわけがないだろう。お前は皇帝、私は未だ奴隷の身だ。こんな私をどうして本気で愛せる？」

ティウスはゆっくりとあおむけになり、彼女を見上げる。

「それでも愛しているんだ。強いお前が好きだ、こんな気持ちは初めてなんだよ」

その言葉に胸を刺されそうになる。

(馬鹿な)

彼の言葉を信じてはいけない、どれだけ甘いことを言っても彼は皇帝だ。

「お前はどうなんだ？」

不意にそう問われ、アレリアは慌てる。

「私が？」

「そうだ、私のことをどう思っている？　毎晩可愛がっているつもりだが、少しは好きになってくれたか」

馬鹿なことを、そう言おうとして口が止まる。

自分は彼のことをどう思っているのだろう。

『彼は自分のことをどう思っているのか』

そんなことをずっと考えていたためか、なんだか自分が彼のことを気になっているように感じる。

(馬鹿な)

自分は彼のことをなんとも思っていない、子作りのために買われただけなんだから――そう言おうとしても心が痛む。

「好きな男がいたのか、村に。彼のことがまだ忘れられないのか」

「そんな男は、いない」

今まで誰も好きになったことはなかった。自分は女のでき損ないと思っていたから。

「村で私を女扱いする者などいなかった。こんなでかい女……」

ティウスが体をがばりと起こした。

「そんな馬鹿な。お前のように美しい女性を放っておくなんて愚かな男たちだ」

言葉を信じてはいけないのに、その響きに乱されてしまう。

「私のどこが美しいんだ……」

反論するアレリアの口調も弱々しい。

「お前は美しいよ。外も中も。一目惚れしたんだ、言っただろう？　土から掘り出したばかりの宝石のようだ。泥に汚れていても輝きを放っている」

信じてはいけない、ただの言葉なのに……心が揺れてしまう。

「本当か？」

自分の声に艶が混じる。彼に傾いている。

「本当だとも、やっと信じてくれたのか？」

彼の手が頬を包み、顔が近づいてくる。

「お前の心を手に入れてから抱きたかった。やっと少し許してくれたね」

心まで許したわけじゃない、アレリアの返事はキスで塞《ふさ》がれた。

てしまう。

「ん……」

唇をぬるりと甘く舐められると体の力が抜けてしまう。このまま快楽に身を任せたくなってしまう。

(駄目なのに)

思わずティウスの体に抱きついてしまう。アレリアを抱きしめながら彼が囁いた。

「お前がどれほど強がったことを言っても、体は私に反応しているんだよ。言葉じゃなく、この行動を私は信じる」

なんということだ、自分が彼を見極めるはずだったのに自分が彼から見透かされている。

「ああ……!」

とうとうアレリアは彼の胸に倒れ込んだ。もう自分の気持ちを抑えられない。

「私も……お前のことが好きかもしれない」

こんなふうに触れられたことはなかった。

こんなふうに愛を囁かれたことも。

自分がこんなに弱かったなんて。

「よかった、片思いのままだったらどうしようと思っていたのだよ。そんな両親を持った子供は可哀《かわい》そうだろう」

彼との子供……その存在を脳裏に思い浮かべてみる。

きっと彼に似た金髪の子だろう。それとも自分に似た黒髪だろうか。

「私も、その子を見てみたい」

ため息のような言葉が自然と漏れた。ティウスはその唇に何度も口づけをする。

「私もだ、早く君との子供が欲しいよ。大事に育てよう、二人で……」

ティウスに覆いかぶさられ、トーガを脱がされる。もうアレリアは逆らわなかった。

「ああ……」

うなじに唇を感じる。熱い息が耳朶《じだ》を擽った。

「愛している」

その言葉が体内に入ると、自分の骨が融《と》けるようだ。

(言葉とは、これほど力を持つものか)

言葉を信じるなと言われたのに、その言葉に蕩かされる。

(信じてもいいのか?)

疑いたい、だがその甘さに身を任せたくなる。

(今だけは)

身を任せたい。

甘やかな海に体を揺蕩《たゆた》わせていたい。

アレリアはティウスの逞しい肩に頭を乗せた。

「私も……好きだ」

不思議なことに、自分から発した言葉に自分の体が高まっていく。

「お前のことが好きなのかもしれない。奴隷の身なのにおかしいか？」

すると彼は頭を動かして自分の目を見つめる。

「おかしくない、むしろ嬉しいよ。いつかお前のことを自由にしよう。その時自分の意思で私を選んでくれればこんなに嬉しいことはない」

自由――その言葉はアレリアの胸を熱く満たす。

「本当か？　私を自由にしてくれるのか」

彼が自分のために支払った金額は到底返せるものではない。彼が解き放ってくれなければ自分は一生奴隷のままだ。

だが、もし彼が自分を解き放ってくれるのなら、たとえ彼がこの国の皇帝でも対等な立場になれる。

その時自分は心置きなく彼を愛することができるだろう。

「ああ、嬉しいよ、そう考えてくれることが。私の一番望んでいることをわかってくれているんだな」

ティウスは彼女の鼻に軽くキスをする。

「もちろんだ、お前の望むことならなんでもわかる。その時捨てられないよう、今のうちにたっぷりと可愛がってあげなければ」

「ああ、そんな……」

乳房を摑まれ、優しく先端に触れられる。それだけで肌がふわっと熱くなった。

(私はもう、変わってしまったのか)

彼にただ触れられるだけで、こんなに感じやすくなってしまう。

もし彼が突然冷たくなっても他の女ができても、別れられなくなったらどうしよう。

(いつの間にか、他の鎖に縛られている)

彼の美しい金髪に、宝石のような瞳に、その指に。

鳥籠《とりかご》に入れられた鶏《にわとり》のように捕まってしまった。

「ああん……」

ティウスが胸の先端を口に含む。舌の上で転がされると快楽がきゅうっと高まっていく。

「いい、気持ちいい……!」

もうアレリアは感情を隠さなかった。自分から彼の背中に手を回す。背骨のくぼみにはうっすら汗をかいている。

その体を引き寄せると、丸い肩に口づけをした。固い筋肉に軽く歯を立てる。誰にも教えられてない、自然に出た行為だった。

「お前の唇が、柔らかくて、気持ちいい……」

どこもかしこも固い自分の体にも柔らかいところがあるなんておかしかった。アレリアは彼の胸板に口づけの雨を降らせる。

「そんなことをされたら、我慢できなくなってしまうよ。さあ、見せてごらん」

彼によって足を開かされる。アレリアはもう抵抗できなかった。次の快楽をただ待ち構えるしかない。

「今夜は最後までするから、よくほぐしておかないと」

そう言って彼の顔が足の間に沈む。やがて熱い刺激が体の中心を覆った。

「あああ……!!」

もう何度もいかされた小さな粒は刺激を待ち構えていた。一回とろりと舐められただけでぷっくりと膨れ上がる。

「ひゃうん……」

ぬるぬると舌先で刺激されるだけで達してしまいそうだ。アレリアは足に力を入れて堪える。

彼の舌先はそのまま下へ移る。まだ閉じている小さな花弁の間に滑り込み、こじ開けるように左右に動いた。

「きゃう……」

初めての感覚にアレリアはか細い声を上げた。剣術ならわかるが、こんな時どうふるまったらいいのかわからない。

彼の舌は執拗に固い谷間をほぐす。処女の秘肉もさすがにゆっくりとその奥を開いていった。

(ああ)

自分の体が自ら開いていくのがわかる。

(これが、女の体)

「ようやく私を受け入れてくれるようだな。お前の肉が、すっかり柔らかくなっているよ」

とうとう最後までされる——今まで感じたことのなかった恐怖に駆られた。

「大丈夫、私に任せて」

いつの間にか足に力が入っていたようだ。腿を優しく撫でられ、膝にキスをされる。

「最初は痛いかもしれないけど、あなたなら大丈夫」

「平気だ……だから……」

この状況を早く終わらせて欲しい、アレリアはティウスの腕を摑む。

「では、もう少し足を開いてごらん」

彼の体が強く押しつけられる。柔らかいところに熱いものがめり込んできた。

「あ、あああ!」

覚悟していたとはいえ、その感覚はアレリアを混乱させる。自分のそこにそれほど太いものが入るなんて思えない。

「力を抜いてごらん、もう濡れているから大丈夫」

「無理……怖い」

自分の体が割かれる感覚にアレリアは恐怖に駆られた。足を閉じて彼の腹を蹴る。

「うわっ」

ティウスは思わず寝台の上で尻もちをついた。アレリアは掛布を体に巻きつけて丸くなる。

「大丈夫だから、もう一度やってみよう」

彼は優しく手を差し伸べるがとてもそんな気になれない。

「私には無理だ。きっと普通の女と違うんだ」

男のように体を鍛えてきたから普通の交わりができない、アレリアはそう思い込んでいた。

「そんなことはない。お前は女だ、この上なく美しい」

ティウスは丸くなっているアレリアを敷布ごと抱きしめた。

「もう一度私に体を任せて欲しい。今度はもう少し上手くやる。私を信じるんだ」

彼の蒼い瞳がすぐ傍にある。その目に見つめられるとなにも言えない。

「……わかった、でも、どうすればいい？」

すると彼はなにかを取り出した。

「こうしよう、あなたはなにもしなくていいんだよ」

目を布で覆われた。なにも見えない。その状態で敷布を剝ぎ取られ、再び寝台に横たえられる。

「怖い……」

目を覆われて、初めて素直な気持ちが口から出た。

本当は怖かった。初めて体を奪われることが。

剣を振るって戦うこととはまったく違う感覚だった。アレリアは固く目を瞑《つぶ》る。そうしなければ涙が溢れてしまいそうだった。

ティウスは瞼の上からそっと口づけをする。「素直に言ってくれて嬉しいよ。できるだけ優しくするけど、痛かったら言って欲しい」

アレリアはもう強がらなかった。素直にこくんと頷く。

もう一度上からティウスは丹念にキスをする。彼の唇が這ったあとは肌が熱くなった。ゆっくりゆっくり、体が柔らかくなる。

「ああ……」

アレリアの唇から漏れる吐息は甘かった。臍《へそ》の横にキスを受けると筋肉で引き締まった腹が激しく上下した。

「ああん、そこ……」

臍のくぼみにまで舌が入り込み、柔毛の生え際に唇が触れた。自然と足が開く。

「アレリア、愛している……」

もう一度彼の顔が間に入った。舌がねっとりと花弁を舐め回す。アレリアは何度も大きく息をついて彼の愛撫を受け止めた。

「ああ……そこ、熱いよ……！」

快楽だけではなく、安心感が全身を包んでいた。

もし自分の準備ができていなかったらティウスはすぐにやめてくれるだろう。その保証があるから体を預けられる。

それは兵士が信じられる将軍に命を預けることにも似ていた。

相手を心から信じることができなければ、どうして体を与えることができるだろう。

アレリアの心を覆っていた鎧を一枚一枚剝がし、ティウスはとうとう裸の心を手に入れたのだった。

「いい……ああ……奥が熱いよ……！」

ティウスの舌先に翻弄される処女の果肉は自ら熟れ、蜜を垂らしている。自分から開いていく体を止めることができない。

「お願い……来て……」

ティウスが体を重ねてくる。アレリアは彼の首を抱き寄せた。

固く筋肉のついた腕が驚くほど柔らかく彼に絡みつく。

「アレリア……愛している」

その言葉と共に彼が入ってきた。

「あ、あう……」

押し拡げられる感覚、だが想像より痛くはない。

彼の瞳が熱っぽく自分を見つめてくれるから。

「大丈夫かい、痛みは酷くないか」

「いいんだ……そのまま……」

痛みより、体の奥底まで開かれる感覚にアレリアは悶絶する。こんなところまで暴かれてしまうなんて。

「ああ……ティウス……」

自分の口からかすれた声が出る。繋《つな》がったまま抱きしめられると切ない感情が溢れ出る。

(これはなんだ?)

体と同じくらい心が繋がりたい。

この感情はなんだろう。

(これが、恋なのか)

自分はいつの間にか彼を愛してしまったのか。

(どうして)

抱かれたから？　快楽を与えられたから？
(違う)
どこかの時点で、自分は彼を愛していた。
(どこで)
あの闘技場で出会った時。
地面に降り立った天使のような彼に出会った時。
自分は彼に魅了されていたのだろうか。
(わからない)
だが太い杭《くい》を穿《うが》たれた体はきゅうきゅうと収縮して男を求めている。
『言葉ではなく、行動を見なさい』
サドゥの言葉が今はアレリアを縛っていた。
(私は、彼のことを愛しているのか)
まだ認めたくはなかった、だが心より先に体が反応してしまっている。
「気持ちいいよ、凄《すご》く……温かくて、濡れている。奥深くまで入れてもいいか？」
これほど圧迫感があるのに、まだ入りきっていなかったことに衝撃を受ける。
「無理だ、これ以上入らない」
そう伝えると彼は困ったような顔をする。

「でもこのままでは私がいくことができない。もう少しだから我慢して」

ティウスが自分の腰を摑んでずん、と貫いた。

「あ、あああ！」

足の根元がぐいっと拡げられる。体の奥の奥に彼の先端が到達した。

(とうとう)

最後まで暴かれてしまった。もう隠すものはない。

なぜか悲しくなる。もうなにも知らなかった頃には戻れない。

アレリアの目尻に浮かんだ涙をティウスの舌が舐め取った。

「痛かった？　すまなかった」

その優しい声にかえって腹が立った。

「ゆっくりやると言ったのに……嘘つき」

アレリアの顔に何度もキスが降ってきた。

「悪かった、お前の体があまりに気持ちよくて……早く私をすべて埋めてしまいたくなった」

自分の中にある彼の一部がとくとくと脈打っている。その拍動一つ一つが甘い囁きのようだ。

(愛されている)

彼の情熱が伝わってくる。

「好きだ、愛している……このままずっとこうしていたい」

深く口づけをされた。体の上と下で繋がっている。そのことでさらにアレリアは煽《あお》り立てられた。

「ティウス……ああ、好きだ……」

とうとう言ってしまった。それを聞いた彼の顔が光り輝く。

「本当か？　本当に私のことが好きか」

恥ずかしさに顔を背けながらアレリアは呟く。

「好きなんだ……きっと。だからこんなに」

その時彼の腰が動いた。ずん、と突かれて思わず喘ぐ。

「ひゃうっ、ああ、好き、好きだ、お前のことが……愛している」

自分の言葉に自分で煽られる、どんどん彼が好きになる。

「好き……好きなんだ、お前のことが」

ティウスは体を起こすと腰を掴み、ゆっくりと抽入を始めた。体内を擦られる感覚に悶絶する。

「ひゃうう、ああ、そこ、駄目……！」

直接的な快楽とは違う、もどかしいような感触だった。ゆっくりゆっくり、熱が溜まって

いく。

「気持ちいいよ、お前の中が……ああ、ごめん、我慢できない……！」

彼の動きが早くなる。最初わずかにあった痛みはもう消えていた。奥を貫かれるたびにせつないような感覚に襲われる。

「あ、あ、なんか、変……」

アレリアは自分の腰を摑んでいるティウスの手首を摑んだ。彼の体に摑まっていないと不安で仕方がない。

「おかしいよ、しっかり、捕まえていて……！」

ティウスはアレリアの体に覆いかぶさると強く抱きしめた。

「愛している、お前の中に出すぞ、私の子を産んでくれ……！」

次の瞬間、体内で弾ける感触がある。アレリアの皮膚もびくんと跳ねた。

「あ、ああう……」

自分の上でティウスの力が抜ける。その背中をしっかりと抱きしめた。

「いったよ、お前の中で。これでお前は私の妻だ」

(私が、彼の妻?)

その言葉はアレリアをじんわりと痺れさせる。

ゆっくりと彼が離れ、体内のものも抜けてしまった。それが名残惜《なごり》しくてアレリアは彼に寄り添った。

「本当に私が妻でいいのか？　なにも持たない、ただの平民なのに」

それに彼には本物の妻がいる。美しく家柄もよく、すべてに秀でている女性が——。

ティウスは彼女の体を拭きながらずっと見つめてくれる。

「確かに私には正式な妻がいる。だが……彼女とは事情があって子供は作れないのだ」

その理由をアレリアは尋ねなかった。自分に言えることなら先に言っているだろう。軽々しく言えない理由なら、聞かなくていい。

「だがお前はただ子供を産むための存在ではない。ずっと私の傍にいて欲しいんだ。私の、新しい家族になって欲しい」

寝台の中で抱きしめられる。アレリアは彼の腕の中で小さく頷いた。

だがティウスはしばらく彼女を抱きしめたあと、ゆっくりと寝台を下りた。

「行くのか？」

自分の声に懇願するような響きが混じったことに自分で驚く。

「すまない、ドミナは私が戻るまで寝ずに待っているのだ。夜遅くなっても戻ってやらなくては」

アレリアの胸は痛んだ。それがドミナに対する哀れみなのか、残される自分への憐憫《れんびん》なのかわからない。

「もちろんかまわないんだ。私のことは気にせず戻るといい」

無理に笑顔を作って彼を送り出す。大きな背中が消えたとたん、アレリアは寝台に突っ伏した。

「アレリア様、おめでとうございます。とうとう首尾を果たされましたね」

サドゥが湯を持って入ってきた。だが体を拭かれているアレリアの表情は晴れない。

「どうされたのですか。ティウス様のお気持ちをいただいたのにそんな顔をなさって。どこか痛まれるのですか」

痛むのは心だ。やっと自覚した恋心が自分の胸を刺している。

「私は……彼のことが好きみたいだ」

そう打ち明けるとサドゥが軽く噴き出した。

「なにをおっしゃるかと思えば……あの方に魅了されない女性などいませんよ」

思いきって打ち明けたのに、軽く流されてアレリアはむっとした。

「そんな簡単なことじゃない。彼にはドミナ様がいる。好きになってもつらいだけじゃないか」

サドゥはどこまでも気楽だった。

「奥方より愛された妾などたくさんいます。お子を作ればアレリア様のほうがお強くなりますよ」

「……私はドミナ様より強くなりたいわけではない」

この宮殿で権力を持ちたいわけではない。ただ、自分の愛する男にもう一人妻がいることがつらいだけだ。どんなに愛し合っても彼は最後に妻の元へ帰ってしまう。

(この状態に慣れるしかないのか)

ティウスへの愛を自覚したとたん、つらくなった。

(こんなことなら、わからないままでよかった)

ただ抱かれるだけの存在だったら、こんなに苦しくなかっただろうか。

(でも)

抱き合い、愛を囁いている間だけは幸せだった。

(この世にこんな幸せがあったなんて)

剣を振るい、戦いに勝つことも好きだった。自分が誰よりも強くなった気がする。

でも恋の戦いではどうやって戦ったらいいのだろう。

(あの人は私を許してくれるだろうか)

ドミナの美しい顔が目に浮かぶ。初夜の日にこんなことは考えたくないのに。

(今ティウスは彼女と一緒にいるんだな)

妻として見てないというのは本当だろうか。あんなに女らしく、儚《はかな》い人を。

(ああ!)

抱かれれば終わりではなかった。かえって他のつらさが生まれてしまう。
(こんな戦いにどうやって勝てばいい?)
アレリアは一人の寝台で長い間鬱々と過ごしていた。

六　二人の女

翌朝起きると外は快晴だった。部屋に閉じこもっているのがもったいなくてアレリアはサドゥと一緒に中庭を散歩する。今朝はティウスはまだ現れていないようだ。

宮殿の廊下を歩いていると、なんだか皆の視線が違う。

「おはようございます、アレリア様」

「今日もお美しいですね」

今まで自分の存在などないものとして扱われていたのに、どうしたのだろう。

「皆、あなたがティウス様と首尾を果たされたのをご存じなのですよ」

アレリアはぎょっとする。そんな個人的なことがもう知れ渡っているのか。

「でも、なぜそれでこんなに態度が変わるのだ」

サドゥは驚いたように振り返った。

「まあ、おわかりにならないのですか？　今やアレリア様がティウス様のお子を産むかもしれない唯一の女性だからです。それが男の子なら皇帝になる可能性もありますわ。いえ、きっとそうなります」

　そんなことを言われても当惑するばかりだった。自分は昨夜やっと抱かれただけで、これからどうなるかなんてなにもわからないのに。

(皆軽薄だな)

　彼の寵愛を受けただけで態度が変わるなら、寵愛が切れれば掌を返されるだろう。そんなものに乗せられたくない。

「サドゥ、人のいないところに行こう、どこかないか」

　寄ってくる人々の顔を見たくなかった。落ち着いて今後のことを考えたい。

「では裏庭に行きましょう。あそこはいつも人がいませんから」

　宮殿の裏に行くと、そこはあまり花はないが緑に溢れていた。小さな東屋が一つだけある。

「あっ」

　そこに入ろうとしてアレリアの足が止まった。白い東屋の中にはあのドミナが少数の供と一緒に座っていたからだ。

「まあ、アレリア」

　気まずくて固まるアレリアへドミナのほうから歩み寄った。

「ティウス様とのことは聞いたわ。おめでとう、早く子供ができるといいわね」

　彼女からそう言われてアレリアは言い知れぬ感動を覚えた。自分の存在は彼女の立場を脅かすものなのに、どうしてこれほど優しくなれるのだろう。

「ありがとうございます……私、ドミナ様に申し訳なく思ってます」

思わずそう口にしてしまった。すると彼女はアレリアの手を取って一緒に東屋へ座る。

「そんなことは気にしなくていいのよ。あなたはティウス様が選んだ方ですもの。ただあの方のことを考えていればいいのよ」

（ティウスのことを）

彼の顔を思い浮かべると顔が熱くなる。彼の指、彼の囁き、すべてが自分を燃え立たせた。

「私……」

崖から飛び下りるほどの勇気を振り絞って告白した。

「ティウスのことを愛してしまったかもしれないんです。奴隷の身で、彼に買われたのにおかしいでしょう。でも、やっぱりそうなんです。好きになってしまいました」

打ち明けると同時にアレリアの瞳から涙が溢れた。泣くつもりなどなかったのに、恥ずかしい。

「ごめんなさい、あなたの前で泣くなんて……私のことを恨んでいるでしょうね」

ドミナは小さな頭をそっと振った。

「ティウス様は私にとても優しいの。子供の頃から一緒に育っていて、妹のように思っていると言われました。妻としては見られないが一生大事にすると誓ってくださいました。私にはそれで充分なのよ」

その言葉でアレリアの重荷がすっと軽くなった。ドミナに恨まれていない、それだけで安心できる。

「あなたが羨ましいわ」

ドミナにそう言われてアレリアは驚く。

「なぜ？　私はただの奴隷で、それにこんなに大柄で女らしくないのですよ」

彼女はそんなアレリアの肩にそっと触れる。

「いいえ、あなたは剣が使える。自分の力で生き抜いてきた。私は生まれてからずっと誰かの庇護《ひご》の元で生きてきたの。あなたの持っている強さが羨ましい」

そう言うドミナは百合のように美しく、儚げだった。この人のためなら命を捧《ささ》げる男がいくらでもいるだろう。

「私は神殿へ行く以外この宮殿から出たことがないの。母は心配症で、輿に乗っていても外出を許してくれなかったわ。結婚したあともなんだか怖くて外に出たことはないのよ。麦畑とはどういうもの？　ずっと遠くまで続いていると聞いたわ。神殿で見る海ほど広いの？」

アレリアは驚いた。確かに宮殿は広いが、この場所から出ない人物がいるなんて。

「本当ですか。麦畑はとても広いですよ。でも私は海を見たことがないので同じかどうかは知りませんが」

「まあ、そうなの？」

ドミナは小さい口を押さえた。そしてその口をアレリアの耳に寄せる。

「いいことを思いついたわ。これから一緒に神殿へ行きましょう。そこなら私も行ける、あなたに海を見せてあげるわ」

「そんな、よろしいのですか？」

彼女は小さく頷く。ティウスと同じ蒼い瞳だった。

「ええ、そして麦畑とどちらが大きいか教えてちょうだい」

すぐに輿が二台用意された。アレリアは初めて乗り込むと、四人の担ぎ手によって地面から浮き上がった。

「うわわ」

なんだか雲の上に乗っているようで落ち着かない。そっと窓を開けて外を見ると、宮殿を出て街道を進んでいた。

荷台の輿は宮殿からさらに高台にある神殿に着いた。全知全能の神デリヤを祭った荘厳な場所だった。大きな屋根を何本もの太くて白い柱が支えている。

「わあ……」

輿から降りると、目の前に見たこともない光景が広がっていた。水面がどこまでも広がっている。太陽の光を受けてきらきらと光り輝いていた。今まで見たどんな大きな川より広い。

それに数知れぬ波が何度も打ち寄せる。

「これが、海なのですか?」

興奮しているアレリアにドミナが話しかける。

「どう? 麦畑より広いかしら」

「広いです、ずっと。こんなたくさんの水、初めて見ました」

ふと気がつくと、近くにある港には船が停《と》まっていた。川で荷物を運ぶものよりずっと大きい。

「あの船は? どこへ行くのですか」

「この海を渡るのよ。ここを離れて別の土地へ行くの。そこはここよりずっと暑いと聞くわ。皆日焼けして肌が黒いのよ」

想像すらできなかった。この世界は自分が思っているよりずっと広いらしい。

「ドミナ様は宮殿から出られなくても、私よりずっと多くのことを知っておられます」

彼女はそっと自分の傍に寄り添う。

「いいえ、私は人から聞いただけ。自分で船に乗ったり川で泳いだりしたことはないわ。馬にも乗れないし、剣は持ったこともない。あなたは剣の名手なのでしょう。ティウス様と手合わせをしているのを見ました。羨ましかった。私にはできないことだわ」

あの時のことを見ていたのか、アレリアは思わず俯いた。

「ドミナ様もお好きなことをなさったらいい。どこにでも行けばいいのです。皇妃様に命令できるのは皇帝だけなのだから。剣がやりたければ私がお教えします」

そう言うとドミナは驚いたように自分を見つめる。

「私が剣を？　持てるかしら」

アレリアは思わず彼女の手を取った。小さく柔らかくて子供のようだ。

「細く軽い剣を作らせればいい。高価な鋼で極薄く作るのです。そんなものでも腕がよければ暴漢を倒せるでしょう」

ドミナは朗らかに笑い出した。

「ああおかしい、そんなことを言われたのは初めてよ。あなたと一緒だとなんでもできそうに思えてしまう。おかしな人ね」

褒められているのかけなされているのかわからない。だが彼女が笑ってくれて嬉しかった。

「私はドミナ様と仲良くしたいのです。もし子供ができても私の立場は変わりません。一緒に育てていけたらと思っています」

陽光を受けてドミナの金髪が輝いた。

「あなたはいい人ね、ティウス様が選ばれたのもわかるわ」

彼の名が出たところでアレリアはずっと気になっていたことを口にした。

「ドミナ様は……ティウス様のことをどう思ってらっしゃるのですか。夫として、男性として愛してらっしゃるのですか」

ドミナの美しい瞳にはなんの感情も浮かばなかった。

「わからないわ。私は物心ついた時にはすでにティウス様の婚約者だった。家と家の繋がりを深めるため生まれてすぐに結婚を決めたと聞かされたわ。だから自分があの方を好きかどうか、それすら考えたこともなかった」

彼女は先の皇帝の妹君であるエラの娘だった。美貌でその名をとどろかせた彼女は遠い豪族へ嫁いだが、その血を惜しんだ皇帝が娘を自分の子供に所望したと聞く。

ドミナの体には、確かにその母の血が残っている。そのまま神殿に彫刻で飾られてもおかしくない美貌だった。

そんな彼女がアレリアからすっと離れる。背後から近づいてくる人影があった。

「あ……」

そこに立っていたのはティウスだった。ドミナと同じように金の髪が光っている。

「どうだ、初めての海は」

彼が近づいてくると同時にドミナは離れていく。

「どうしてここに来たんだ」

アレリアは戸惑う。そんな彼女をティウスは優しく抱きしめた。

「あなたが初めて海を見ると聞いていても立ってもいられなかった。その場面に私がいないなんて耐えられない」

（どうしよう）

彼のことは愛おしいが、ドミナのことが気になるのだ。彼女の前であまり仲睦《なかむつ》まじいところを見せたくはない。

「どうだ、初めての海は」

ティウスはアレリアを海のほうへ向き直させる。

「……広いな」

二人きりなら彼の胸に体を寄せていただろう。だが今はドミナが傍にいる。正式な妻である彼女が。

「いつかお前を船に乗せてやろう」

「ええっ」

海の上には黒い船が浮かんでいる。それは自分の知っている船よりずっと大きいが、それでも海と比べたら木の葉のように頼りない。

「い、いい」

アレリアは首を横に振った。

「なぜ？　怖いのか」

体を反転させて彼を睨みつけた。

「当たり前だ。こんな広い海を渡るなんてできるか！　私は泳げないんだ」

剣は上手かったが、なぜか泳ぎは上達しなかった。足を川につけるのも避けたいのに、あんな広い水の上に出るなんて信じられない。

ティウスはアレリアを不意に強く抱きしめると朗らかに笑った。

「はは、まさかこの外海を渡らせるわけじゃない。湾の中をぐるりと一周するだけだ」

そう言われてもどこが湾でどこが外海なのかわからない。それに早く彼から離れたかった。

(ドミナ様に見せたくない、こんなところを)

「私はいい、お前とドミナ様だけで行けばいい」

するとドミナが遠くから話しかけてきた。いつの間にか二人から遠ざかっている。

「私は先に戻ります。あなたはアレリアにゆっくり海を見せてあげて」

ドミナは輿に乗り込み、宮殿へと去っていった。ティウスはアレリアの顎を持ち上げ覗き込む。

「彼女となにを話していたか、教えてくれないかな」

彼の瞳がドミナと同じ、美しい蒼だったのでアレリアはなぜか息苦しくなる。

「心配していたのか？　私が彼女を苛めると思ったのか。残念だな、私は彼女ととても仲良くなったんだ。なにを話したかなんて、教えるもんか」

それを聞いたティウスは朗らかに笑い出した。

「もちろん心配などしていないさ。二人がとても親しげで羨ましくなったんだ。彼女と私は……子供の頃は仲がよかったんだが、最近はゆっくり会話する時間がない。一緒の寝台にいても、なにを話していいのかわからない」

アレリアは彼の顔をじっと見つめる。

「私に遠慮することはないんだぞ、ドミナ様のことを妻として愛しても。嫉妬などしない。私のほうがあとから来たのだから」

ティウスが驚いた表情になった。

「そんなことをあなたが気にすることはないんだよ。これは私とドミナの関係なのだから」

「だって……あの方が可哀そうじゃないか」

子供の頃からティウスしか見ずに生きてきたのに、その男は自分を女とは見てくれない。そんな残酷な一生があるだろうか。

「もし彼女を妻にできないのなら、解き放つべきだ。彼女ならいくらでも命を捧げる男がいるだろう」

彼は悲しそうに笑う。

「私だってそうしたい。だがそれはできないのだ。それによって起こる影響が大きすぎる。彼女の実家はとても強大な力を持っている貴族だ。別れればその家名を侮辱したことになる」

アレリアにはよくわからなかったが貴族同士の婚礼には複雑な事情がからんでいるらしい。

「それに……今は言えないが、彼女と子供を作れないもう一つの理由があるのだ。それは彼女のせいではない、どうしようもないことなのだが」

アレリアは彼の顔を両手で包んだ。

「それで私を選んだのか？　彼女の代わりに子供を産ませるため。美しくないから、ドミナ様が傷つかなくて済む」

「何を言っているんだ！」

骨が折れるほど強く抱きしめられた。

「今まで様々な女を差し出されてきた。皇帝に妾がいるのは当たり前だから……でも、どんな女にも心は動かなかった。ただ抱くだけならできたかもしれない。だがそんな行為で子供を作っていいものだろうか」

彼の言葉は優しく体に染み込んだ。こう言われるのを待っていた気がする。

「私が恋をしたのはお前が最初だ。誰かに決められたのではなく私が見つけた。お前以外とは子供を作りたくない」

「それは……責任重大だな」

アレリアは少し背伸びをしてそっとキスをした。

「お前が愛おしくて仕方がない、どうしたらわかってもらえるだろう」

彼の手が尻を撫でている。その甲をアレリアは叩いた。

「こら、神殿でなにをするのだ」

「構わない、ここの神様は豊穣《ほうじょう》をつかさどる方だ。男女の行為も祝福してくださる」

「誰かが来たら……」

「今ここにいるのは皇帝だぞ、人払いしてある」

ティウスはアレリアの体を反転させて大きな柱に手をつかせた。そのままトーガの裾を捲り上げる。

「あ、やん……」

大きく丸い尻が現れた。剣術と労働で鍛えられた腰はしっかりと筋肉がつき、その上から女らしい脂肪がついている。

「美しい、まるで豊穣の女神デリアのようだ」

ティウスの手が二つの膨らみを撫で回す。

「そこ、いやあ……」

彼の指が谷間に潜り込む。背後からそこを開こうとしていた。

「ここは大丈夫か？　濡れていたとはいえ出血していた。痛くはないか」

彼は背後からしゃがみ込んでそこを覗き込もうとする。アレリアは腰を突き出して見せる形になった。

「見るな、恥ずかしい……」

彼の指が後ろから花弁を開く。冷たい空気がそこに触れた。

「よかった、傷はないようだ。だが中はどうかな」

「ひゃうっ」

背後から開いた果肉にぺちゃりと吸いつかれる。こんな場所でそこまでされるとは思わなかったアレリアは悶絶した。

「やうっ、そこ、吸わないでっ……！」

昨日初めて刺激された場所まで舌が入り込んでくる。まだ少し腫れている粘膜が優しく舐められてうずうずと蠢き出した。

「ひあぁ……こんなの、こんなのっ」

神殿でこんな淫らなことを——そう思うとさらに体が燃え上がってしまう。

「こんなに濡れてしまったよ。こんな体で輿に乗るわけにはいかないな」

体を起こしたティウスの声にも欲望が混じっている。

「お前のせいだ、こんなふうにして……」

彼は背後から抱きつき、アレリアの尻をしっかりと摑む。

「私に夢中になって欲しいんだ、私がお前に夢中なように……離れられなくなって欲しい」

そして背後から太いものをゆっくり入れられる。じわじわと拡げられる感覚がたまらなかった。

「あんっ……そんな……あ、ああっ」

(もう好きになっているのに)

ティウスが思っているよりずっと深く、自分は彼を愛している。

だからこれほど体が反応してしまうのだ。

ぐっと腰を後ろに引かれ、さらに深く穿たれる。

「やああ、深いぃ……」

まだ狭い谷間は固い肉にこじ開けられて激しく収縮し、熱い蜜をからめる。ぬるりとしたその感覚にアレリア自身が煽られている。

(こんなに、いいなんて)

男女のことがこれほど気持ちいいなんて知らなかった。

自分の体がこんなに開くなんて。

「お前の体はどこもかしこも綺麗だ。背中も肩も、私の入っているところも」

二人が繋がっている場所すら見られていることを知ると、恥ずかしくて仕方がない。

「見るなっ、そんなところ」

だが背後から貫かれていると身動きすら取れない。アレリアは白い柱に摑まって喘ぐことしかできなかった。

「あっ、こんな、凄い……！」

目の前に広がる蒼い海は、ティウスの目の色と同じだった。


毎日の沐浴《もくよく》とそのあと体中に塗られる香油のせいで日焼けしていたアレリアの肌は柔らかく、白くなっていった。

木の皮のように固かった踵《かかと》も風呂上りに石で削り取られ、滑らかになっていく。

（これが私なのか）
二、三日剣を振るわない日が続くと丸く盛り上がった腕が細くなってしまった。慌てて中庭で素振りをする。
（私の剣が欲しい）

アレリアに与えられているのは木製の模造剣だった。宮殿で本物の剣を持てるのは皇帝と兵士だけなので、父の形見である狼殺しの剣は奪われたままだった。

「私の剣を返してくれ」

ティウスに何度か頼んだが、これだけは聞き入れてくれなかった。

「この宮殿にいる以上剣など必要ない。お前は私が守る」

っていた。

「だが、そんな私は嫌いだろう？」

そう言ってアレリアは模造剣で彼に切りかかる。彼と剣の稽古をするのは毎日の日課になっていた。

「もし敵が攻めてきたら私がお前を守る、実践なら私のほうが強い」

ティウスは微笑みながら彼女の剣を受けた。

「それは頼もしい。だがロマーノは幸い平和だ。戦争は剣ではなく黄金で行う」

ロマーノは莫大な富を蓄え、近隣の小国をその力で支配していた。税金を取り立てる代わりに兵力で周囲の国から守っている。力のない国は自ら属国になることを望むところもあった。

「私の村を襲った山賊は見つかったのか？」

つばぜり合いをしながらアレリアはティウスに迫った。彼の表情は曇る。

「グラウスに命じてはいるがなかなか首領は捕らえられないようだ。下っ端は何人か捕らえたのだが」

「なんだそれは。私が直接捕まえに行きたいのに」

ティウスの弟であるグラウスのにやついた顔が浮かんだ。彼は本気で盗賊を追っているのだろうか。

「村に様子を見に行きたい。駄目か？　母と妹が元気でいるか知りたい」

そう言うとティウスは一歩踏み込んでアレリアの動きを制した。

「二人が気になるならこちらに呼べばいい。馬でも輿でも使って来てもらおう」

そんな提案をする彼の剣を振り払った。

「今は麦の種を蒔いている最中だ。呑気《のんき》に宮殿へ来る暇はない。なにも知らないのだな」

アレリアは農民の忙しさをよくわかっている。少し目を離しただけで作物が枯れることもよくある話だった。

「そうか、すまなかった。ちょくちょく使いをやって様子を聞かせよう」

「私が向こうへ行ってはいけないのか？」

しつこく食い下がると、ティウスは模造剣を捨ててアレリアを抱きしめる。

「おい、やめろ！　稽古の途中じゃないか」

「ここには私の子供がいるかもしれないんだ。そんなあなたを宮殿の外に出すわけにはいかない」

ティウスは二日と開けずにアレリアを抱いている。ここに来て月のものが来ている時以外は肌を合わせていた。いつ身ごもってもおかしくはない。

「子供がいたら外に出られないのか？　村では皆生まれる直前まで働いていたぞ」

そう言うとティウスは眼を丸くする。

「とんでもない！　もし身ごもったら生まれるまで部屋から出すものか。剣の稽古も取りやめだ」

「そんなぁ」

今でさえ体が鈍《なま》っているのに、子供ができて部屋に閉じ込められたらどうなってしまうのだろう。

「村の産婆は腹が痛くなるまで動いていろと言っていたぞ。そうすると早く子供が下りてくるらしい。母はそうやって妹を産んでいた。お産に貴族も平民もないだろう？」

なにを言ってもティウスはアレリアを離そうとはしなかった。

「いいや、駄目だ。階段を歩かせることすら恐ろしいのに剣の稽古などさせられない。どうしても動きたいならお前のために新しい庭を作ろう。なんの段差もなく、石一つも落ちていない場所だ」

彼の真剣さに思わず噴き出してしまった。

「なんだそれは？　子供のために庭を作る？」

「子供ではない、お前のためだ。もともと子が生まれたら新しく宮殿を作るつもりだったから」

「はあ？　この部屋で育てるのではないのか」

今自分が過ごしている部屋ですら、村で暮らしていた家全体より広い。それに専用のテルマエと衣裳《いしょう》部屋もあるのだ。子育てには充分に思える。

そう伝えるとティウスは首を横に振った。

「いいや、お前と子供のため新しい宮殿を作る。二人はそこでずっと過ごすのだ。高台に建設すれば海を見ることができるだろう」

驚いた。彼がそんなことを考えているなんて。

「贅沢すぎる、宮殿に閉じこもっていては鍛錬もできないではないか」

するとティウスは少し考えて言った。

「いいや、愛妾《あいしょう》のために新しい宮殿を作るのは前例がある。小さいが美しい屋敷を作るのだ。庭には珍しい花を植え、魚の泳ぐ池も作らせよう」

「いらないって言っているだろう」

そう言いながらアレリアも夢想してしまう。海の見える宮殿、そこで過ごす子供と自分――。

(でも、お前はこちらに残るのだろう)

どれほど豪華な宮殿を作っても、彼がいなければつまらない。

そしてそれを彼に訴えることすらできないのだ。

(そんなことをすれば、ドミナ様から彼を奪うことになってしまう)

ティウスの正式な妻であるドミナ様は自分に優しく接してくれる。そのおかげで自分はなんの苦労もなく過ごしていられるのだ。そんな彼女から夫を奪うようなことはしたくない。

（でも）

夢想してしまう、海の見える宮殿で彼と子供と一緒に過ごす日のことを。

（もしそうなったら、どんなに幸せだろう）

罪深い考えだからこそ、それは胸の奥に張りついて取れなかった。

七　快楽の鎖

　ティウスは一緒に夜を過ごさない代わりに、アレリアの元へ金の鎖や翠《みどり》の石がはまった指輪などを贈るようになった。朝起きて身支度を整えている時にサドゥたちが勝手に身につけさせる。

「これはなんだ?」

「ティウス様からの贈り物ですよ。アレリア様にお似合いのものをわざわざ職人に作らせたのですって」

（こんなもの）

と思うが、ティウスの名前を出されては無下に断れない。

滑らかなデコルテに光る金鎖は蜘蛛《くも》の糸のように肌を飾る。大きな翠の石はアレリアのしっかりとした指によく似合っていた。

「まあ、やはりティウス様はアレリア様になにがお似合いになるのかよくわかってらっしゃるのですね」

そう言われて照れ臭くて仕方がない。宝飾品を身につけたことなど生まれて初めてだったからだ。

(こんな気持ちなのか)

美しいものを身につける、それが愛する男からの贈り物なら嬉しくないはずがない。いない時でも彼に見つめられている、そんな気分だった。

「よく似合っているよ」

その夜、金鎖を身に着けたまま寝台で待っているアレリアを見てティウスは微笑んだ。

「とても凝ったつくりだ。こんな細い鎖は見たことがない」

それは麦の穂の先端のように細い金の線を繋いで作られている。それほど細いのにかなり丈夫で、少し引っ張ったくらいでは切れることなどなかった。

「それを作ったのは東から来た職人だ。金に他の金属を混ぜると強度が増す。そこまで細くできるのは彼しかいないのだ」

ティウスは寝台に横たわると、アレリアの胸を彩る鎖を摘まみ上げる。

「これでお前の心も縛れたらいいのに」

そんなことを言う皇帝が滑稽だった。本来なら自分のほうが彼の寵愛を求めなければならないのに。

「そんなことをしなくても、お前を愛している」

愛の言葉を口にすることにアレリアはもう慣らされていた。

「そうか？　私は未だに不安になる。宮殿で一人過ごしているお前に誰かが愛の歌を送ったらどうしようかと」

「愛の歌？　私にか？」

思わず噴き出してしまった。村でも自分に愛を囁く男など一人もいなかったのに。

「そんな心配をするのはお前だけだよ。貧乏な農民が泥棒を不安がるようなものだ」

彼は鎖をつけさせたままアレリアのトーガを脱がせる。褐色の肌の上で金が光り輝いた。

「そんなことはない。こんな美しい肌を放っておく男がいるものか」

自分が美しいとしたら、それは彼が愛したからだ。卵の殻を剥くように自分を剥き出しにする。

(私は幸せなのだろうか)

はたから見たらとんでもない玉の輿だ。農民から奴隷に堕《お》ちた女が皇帝の寵姫になる。

(これが幸せなんだろうか)

だがアレリアは有頂天にはなれなかった。絹の服にも、恐ろしいほど手の込んでいる宝飾品にも。

(変えられるのが、怖い)

普通の女になるのが恐ろしい。今まで規格外の女として生きてきた自分だった。

それなのに、ティウスは自分を極上の美女として扱う。

(慣れてないんだ)

うっとりと見つめられ、贈り物をされ、愛される。

(私はなにをすればいい？)

アレリアの不安を感じ取ったのか、ティウスがその手を止める。

「どうした？」

「こんな時、どうふるまったらいいのかわからない。恥ずかしくて仕方がないんだ」

彼が自分を掌中の珠《たま》として扱うことに慣れることができない。

「私はお前になにをしたらいいのだ？　子供を産むことはできるが、他のことは知らない」

するとティウスは彼女の腰をそっと抱き寄せる。

「お前はなにもしなくていい。子供だってできない場合もある。そうなってもお前を手放したりはしないよ」

アレリアは驚いて彼の顔を見る。

「だって、私は子供を産ませるために買われたのだろう？」

ティウスは照れ臭そうに笑った。

「あれはお前を助けるための口実だ。そうでも言わなければ皆が納得しないだろう。だが子作りは神の配剤だ。思い通りにいくとは限らない」

「でも」

自分が子を産まなければグラウスの子がこの国を引き継いでしまう。それとも他の女を妾にするのだろうか。

そう尋ねるとティウスは首を横に振った。

「皇帝候補は他の貴族でもかまわない。私の血筋でなくとも優秀な子供はたくさんいる。評議会で決まるのだから心配しなくてもいい」

それを聞いて肩の力が抜けた。この国の行く末が自分の体にかかっていると思い込んでいたのだ。

「そうだったのか、心配して損した」

ティウスは苦笑しながらアレリアを抱き寄せる。

「皆私の子を期待している。金髪の蒼い眼の子供を待ち望んでいる。茶の髪に黒い眼の子かもしれないのに。たまに自分が種馬になった気がするよ」

アレリアも笑い出した。この国の皇帝がそんなことを考えているなんて誰も知らないだろう。

「お前の子なら、どんな子でも可愛い。私は大事に育てよう」

彼の首を抱き寄せ、優しくキスをした。すると彼の頭が自分にもたれかかってくる。

「そう言ってくれるだけで嬉しいよ」

これが自分のできることなのか。彼を愛し、受け入れること。

彼が安心すると、自分まで心が温かくなった。

ティウスは金鎖で彩られたアレリアのデコルテに顔を埋める。

「いい香りがする——極上の寝台だ」

胸の谷間に舌を這わせられる。ぬるぬると動く舌に官能を煽られた。

「ああ……」

ティウスの舌が金の鎖を搦《から》め捕《と》る。首から外して胸の上に置かれた。

「こうすると、もっと綺麗だ」

鎖の網の間から肌が輝く。胸の先端が金を持ち上げていた。

「んっ……」

ティウスが乳首を鎖ごと舐めた。彼の口の中で固い金属とぷっくり膨れ上がった先端が擦れ合う。

「ああう……いい……」

アレリアはうっとりと快楽に身を任せた。くちゅくちゅとしゃぶられ、啜《すす》られる。

「可愛いよ、こんなに大きくなっている」

金の鎖で飾られた胸はほんのりと赤く染まっている。彼はその鎖をそのまま下に下げた。

「ここでもいい、綺麗だよ」

腹の上に鎖の網が乗った。ティウスは鎖の間から臍を舐める。

「ひあ……」

臍がこれほど感じるなんて信じられなかった。引き締まったアレリアの腹が大きく上下する。

「まるで若馬のように細い腰だ、美しい曲線を持っている」

わき腹を滑る彼の指に翻弄される。

「……擽ったい」

「ではここも感じるんだな、擽ったいところは感じるところだ」

ティウスはわき腹に口を近づけると軽く噛んだ。甘い攻撃はさらにアレリアを悶《もだ》えさせる。

「ああっ、こんな、ところまで……感じるなんて……！」

彼のせいでどんどん体が変わっていく。感じやすく、すぐに燃え立つ肌に……。

「も、っと……噛んで……」

与えられた刺激だけでは足りず、アレリアは思わず懇願してしまった。すると彼がかすかに笑う気配がする。

「嬉しいよ、ようやく私に馴染《なじ》んできたようだ」

(彼が喜んでいる)

それはアレリアに不思議な喜びをもたらした。

た。

（私が感じれば、彼も嬉しいのか）

全身がふわっと温かくなる。一方的に与えられる快楽とは違う、こちらが与える喜びだっ

「お前に……触れられると、気持ちいいんだ……きっと、他の男とは、違う……」

熱い息の下から想いを伝えると、ティウスがこちらをじっと見つめた。

「その言葉は嬉しいが、証明するのが難しいな。お前が他の男を知らねばならぬから」

そのからかうような口調にアレリアはかっとなる。

「なんだと！　私の貞操を疑うのか」

「いいや、お前の真心は知っている」

彼の頰はうっすらと汗ばんでいる。その熱は自分が与えたものだ。

「だが私はお前を力で手に入れた――そうでもしなければお前は処刑されていた。それでも自分の力でお前を勝ち取ったわけではない」

アレリアは驚く。この国の皇帝が、そんなことを気に病んでいたなんて。

「お前は美しい。年を重ねてさらに光り輝くだろう。その時私はどうだろう。ただ年老いていくだけではないだろうか。いつかお前に捨てられそうで怖い」

「なにを言っているんだ！」

思わずティウスの体を抱き寄せた。

「確かに私はお前に買われた身だ。だが私は本気でお前を愛している。たとえ他の男に言い寄られたからといって心を動かすような人間に見えるか？」

胸の中に熱い怒りが滾《たぎ》っている。奴隷の身だからといって心まで金で買われたわけではない。

「悔しいことに、私はお前に夢中なんだ……どうしてこうなったのか、自分でもわからない。でもこの気持ちは金や権力に惹《ひ》かれたわけじゃないんだ。お前が農民でも羊飼いでもきっと好きになっていただろう」

すると彼はくすりと笑った。

「羊飼いはいいな。昔農村で見たことがある。羊のお産を手伝ったり、乳でチーズを作ったりしていた。お前と一緒ならきっと楽しいだろう」

それを聞いたアレリアも思わず笑い出す。

「羊飼いなら知り合いがいる。もしお前が宮殿を追われるようなことがあったら一緒に逃げよう。誰も知らない土地で羊を育てよう」

とうとうティウスはアレリアに抱かれたまま子供のように笑い出した。

「ああおかしい、お前の話を聞いていると不可能なことはないように思えるよ」

アレリアはむきになって反論する。

「不可能なことなどあるものか。私を見ろ。盗賊に売られて娼婦になるところを剣闘士として生きてきた。そしてお前に出会ったのだ。この世に不可能なことなどない」

ティウスはゆっくりと体を離すと彼女に優しくキスをする。

「やはりお前は私の見込んだ通りの女だった。身も心も美しい、私の女神」

自分が美しいのか、女神なのかわからない。だが彼にとって最高の女であろうと思う。

「私もお前を愛している、助けてもらったからじゃない、お前が好きなんだ」

美しい瞳と傷つきやすい心を持った皇帝、その男をアレリアは愛していた。

「私も愛している。お前の愛に報いられるよう頑張るよ。一生、私の宝物だ」

再びゆっくりと横たえられる。先ほどの金鎖を下腹部にかけられた。

「お前の肌には金がよく似合う」

鎖の網目の間からアレリアの柔毛が顔を出していた。ティウスが腿を開くと花弁の上に繊細な金の糸が乗る。

「あなたのどこもかしこも、金で飾ってやりたい」

ティウスは指で花弁を開き、そこへ細い金の鎖を埋めた。少し冷たかったそれはアレリアの体温ですぐに温まる。

「あ……」

細い金属が体内に入り込む感触に体が収縮した。ティウスは柔らかな肌を傷つけぬようそっと指を動かす。

「駄目、あたる……」

もう敏感になっている丸い核に小さな鎖が触れると、飛び上がるほど感じてしまう。

「やうっ」

ぷっくりと顔を出している淫芽に鎖を絡められる。そのまま優しくしごかれると強烈な刺激におかしくなりそうだ。

「待って、強すぎる……」

するとティウスはアレリアの体から金鎖を取り去った。

「では、直接可愛がってやることにしよう」

彼は花弁を大きく開き、中芯に直接口をつけて啜った。固い感触で腫れ上がった果肉を温かい粘膜で擦られ、もう限界だった。

「あ、いくっ、いくう……」

アレリアは全身を硬直させて達した。二人はいつまでも寝台の中で絡み合っていた。


アレリアは宮殿で徐々に自分の居場所を見出していった。

「サドゥ、宮殿を案内してくれ」

人目があると噂や追従に悩まされる。あからさまにおべっかを使ってくる人たちにアレリアは疲れていた。かといって部屋に閉じこもっているのも退屈だ。

「ここはなんだ?」

宮殿で人気《ひとけ》のない廊下を歩いていると、不意に小さな空き地に出た。古い植木鉢や枯れ枝が隅に積んである。

「ここは宮殿の庭で使うものを置いておく倉庫のようなところですね。西日しか当たらないので植物は育たないのです」

確かにそこには小さなオリーブの木と雑草しか生えていない。ちょうど日が傾きかけた頃で、遠くの山稜が金色に光る。

その色がティウスの髪の色に似ていて、アレリアはこの場所が気に入った。

「ここを私の庭にしたい。いいだろうか」

そう言うとサドゥはぎょっとした。

「ここは物置のような場所ですよ。他にいくらでも日当たりのいい場所があります。ティウス様にお願いしてはどうでしょう」

それはしたくなかった。ただ自分の無聊を慰めるだけなのだから大げさにしたくない。

「いや、私はここでいいんだ。あともう一つ、お願いがあるのだが」

一週間後、サドゥに頼んでおいたものがアレリアの元に届いた。

「アレリア様のご所望なので取り寄せましたが……こんなものをどうするのですか?」

やってきたのは里に生えているごく普通の草花だった。それといくつかの岩。

「さあいこう。私の庭へ」

草花と岩を小さな空き地へ運ぶ。白い小さな花をつけるその草は丈夫で、日当たりがよくなくてもよく生える。

「この岩はどうするのですか?」

アレリアは一抱えもありそうな岩を抱えるとオリーブの根元に置く、そして岩の根元に草を植えた。

「どうだ、これで本当の山にいるみたいだろう」

「まあ、驚いた」

少し手を入れただけで殺風景な庭が山を切り取って持ってきたような風景になった。

「この花はあっという間にここ一面を覆うだろう。少し馬糞《ばふん》の肥料を入れてやればいい。小さいけれど、これが私の庭だ」

サドゥは中心に立ってきょろきょろと辺りを見渡す。

「お庭のことはわかりませんが、なんだか落ち着く場所になりましたね」

アレリアはそれからもちょくちょくそこへ物を運んだ。小さな椅子、もう古いクッション。麻でできた敷物——。

「明日、夕方からここに来てくれないか」

ある夜、寝室から立ち去ろうとしたティウスにそう頼んだ。

「どうしたんだ？　なにか話があるのか」

不安げな顔で彼は追求するが、アレリアはなにも言わなかった。

翌日の夕刻、真面目な顔でティウスが現れた。

「なにがあった、もしや子供ができたのか？」

アレリアは微笑む。

「残念ながらそうじゃない。でも私からお前へのプレゼントだ」

ちょうど日が落ちる頃だった。細い廊下を抜けてあの空き地に出ると、山稜が夕日で光り輝いている。

「ここは……」

それだけではなかった。小さな庭には麻の絨毯《じゅうたん》が敷かれ、羊の毛皮が置かれている。

ティウスとアレリアが毛皮の上に座るとサドゥが庭のそこここにたいまつを持っていく。

油を入れた小さな皿が地面に置いてあり、彼女がたいまつを近づけると小指の先ほどの炎が灯《とも》る。

ゆっくりと日が暮れていく。闇が濃くなっていく中で、皿の上の炎だけが暖かく灯っていた。

「美しいな」

ティウスはアレリアの肩を抱いて囁いた。

「金鎖のお礼だ。私はお前にあげるものがないから」

すると額に優しいキスをされる。

「そんなことを気にしていたのか。私は毎日お前から贈り物を貰っているのに」

「それはなんだ？」

もう一度キスをされる。

「お前に触れること、触れることを許されること、私が触れると熱くなってくれること」

アレリアは彼の頬にキスをし返す。

「そんな女はたくさんいるだろう」

するとティウスは苦笑した。

「たぶんそうだろう。だが私はお前以外の女が熱くなっても喜びはない。お前だけが喜びをくれる」

彼がどうしてそこまで自分を好きでいてくれるのかわからない。だがもうアレリアは戸惑わなかった。

彼の気持ちを素直に受け取る、それが今自分のできる数少ないことだった。

「私だって他の男なんかごめんだ。愛する男はお前一人、それでいいだろう」

アレリアは優しく羊の毛皮の上に横たえられた。金の髪がゆっくりと近づいてくる。

「もちろんだ、一生お前を愛するよ」

顔中にキスをされ、抱きすくめられる。夜はゆっくりと二人を包んでいく。


「ああ……」

耳朶に彼の息を感じる、それだけで全身が燃えさかる。

「もう、大丈夫だ……」

アレリアの肉体は、触れる前から滾っていた。足を開いて彼を迎え入れるとなんの前戯もなしにぬるりと入れることができる。

「ああ、狭いよ」

ティウスの声が上ずる、それにも煽られてしまう。

「ゆっくり、動いて……」

羊の毛が頬を擽る。彼を体でしっかり摑んで、離したくない。

「好きだ、愛している……」

彼の声を聞きながら、アレリアはゆっくり登りつめていった。

(夜が来る)

気がつくと太陽はほとんど隠れ、暗闇がやってきた。

（夜にはお前は行ってしまう）

どんなに抱かれても、深夜のティウスはドミナのものだった。

（今だけでいい、でも）

アレリアは足を彼にからめる。この時間が少しでも長引くように——。

八　予期せぬ嵐

毎日身支度を整え、宝飾品を身につける習慣も身についてきた。暇な時はあの小さな庭で植物を愛《め》でる余裕も出てきた。

（ここでこのままやっていけそうだ）

そんな時、ドミナの侍女から知らせが届いた。

「アレリア様、明日の午後はお時間あるでしょうか」

お時間もなにも、ティウスがいなければアレリアに予定はなかった。

「もちろんあるが、なんだ？」

「ドミナ様が午後のワイン会にアレリア様をご招待申し上げたいそうです。モロからワインが届いたので、ぜひアレリア様にも差し上げたいと」

「も、もちろんありがたく行かせていただこう。そう伝えてくれ」

すぐ返事をしてしまったが、自分は貴族の習慣などなにも知らない。慌ててサドゥを捕まえる。

「すまない、モロのワインというのはなんだ？　有名なのか」

「もちろんです。南の国で葡萄《ぶどう》の産地ですよ。赤ワインといえばモロが最高級品です」

村ではワインの産地など気にしたことはなかった。祭で年に一度ふるまわれる酸っぱいワインが唯一知っているものだったから。

「ドミナ様からワイン会に呼ばれたのだ。なにを着ていけばいい、手土産《てみやげ》は必要だろうか」

サドゥの顔がぱっと輝いた。

「まあ、ドミナ様のワイン会は本当にお気に入りの方しか呼ばれないのですよ。あの方はあまりご友人を多く作らないので。そこに呼ばれるなんて素晴らしいことですわ」

それを聞いてかえって緊張が高まる。もしそこで失敗してしまったら、ティウスにも迷惑ではないだろうか。

「そんな場所に私が行って大丈夫か？　やはり断ったほうがいいだろうか」

するとサドゥは激しく首を横に振る。

「とんでもない！　招待されたのにお断りしたらかえって失礼ですわ。私がふるまい方をお教えしますから頑張りましょう」

明日のワイン会に招かれているのは有力貴族の妻や娘たちだった。誰の機嫌も損ねることはできない。

「でも私に話題なんかないぞ」

サドゥは少し考えてこう言った。

「アレリア様が剣闘士をしていた時のお話はありませんか？　コロッセウムで闘いを見ることはあっても直に触れ合うことはないわけですから」

自分が珍しい動物になった気がするが、この際仕方がない。

「ではこれから話してみよう、貴婦人たちの前で話していいかどうか判断してくれ。まず最初に対戦した相手は蛮族の男だった。彼の国は人を生きたまま喰《く》らうという噂だった、私も対戦中に噛みつかれてまだ跡が残っている」

腕を捲り上げて歯型を見せる。サドゥは口を押さえて笑いを堪えた。

「それですよ、そんな珍しいお話なら皆さん喜ばれるでしょう。あとはワインを飲みすぎないように。モロの酒は強いですからね」

ワイン会の日はたまたまティウスが昼間に立ち寄った。

「どうしたのだ、そのように髪を結い上げて」

いつもアレリアは長い髪をただ垂らしているだけだった。だが今日は両脇の髪を三つ編みにして後ろにまとめている。唇にもうっすら紅を差していた。

「ドミナ様から午後のワイン会に呼ばれているのだ」

「それはなんだ？　私は知らないが」

「当たり前だ、女だけの会だからな。もう出なければならない、出ていってくれ」

ティウスはしぶしぶ立ち上がるとアレリアの顔を包んでキスをする。

「今夜も行くから待っていてくれ。あまり酒を飲みすぎないように」

（ティウス）

その瞳に吸い込まれそうになる。

（このまま、彼と一緒にいたい）

少しでも長く彼と過ごしたかった。

（私は彼を愛している）

それはもはや揺るがぬ気持ちだった。

だが彼はドミナの夫でもある。ロマーノのため別れることはできない。

それに、ドミナも彼を愛しているのだ。子羊が親を慕うように、一途《いちず》に。

（これは裏切りではないのか）

自分を会に招いてくれた、優しい彼女を自分は傷つけている。

憂鬱な気分を抱えながらアレリアは彼女の部屋へ向かった。

「よく来てくれたわね。さあ、こちらへいらっしゃい」

ドミナの居室を訪れると、天井の高い部屋の中は美しい花々で飾り立てられ、窓辺の椅子には美しい貴婦人たちがそろっていた。

「さあ、皆さんアレリア様がいらっしゃったわ。とても楽しい方なのよ」

ドミナは自分にぴったりつき添って話の輪に入れてくれた。

「まあ、あなたが狼殺しの娘なの？」

「とても艶やかな頬をしているのね」

年上の貴婦人たちも優しくアレリアを迎え入れてくれた。

「こんにちは……初めまして」

最初は緊張していたアレリアもだんだん皆の輪に入ることができた。皆は話好きで、ひっきりなしに誰かが口を開いている。

「ねえ、あなた闘技場で戦っていたんでしょう？　お話を聞かせてくれない」

想像通りの問いかけをされたので、さっそくアレリアは逸話を披露する。

「その男は私の腕に噛みついたんです。まるで狼のように」

腕を捲り上げて歯型を見せると貴婦人たちは悲鳴を上げた。

「あなたは私たちの想像もつかないような生活をしてきたのね」

「本当に面白い、私、こんなに笑ったの久しぶりよ」

それが珍獣扱いだとしても、受け入れられているという感覚は嬉しいものだった。アレリアは注がれたワインをぐっと飲み干す。

「なんて美味《おい》しいんだ、これがワインですか」

村で飲んでいたものとはまったく違う、芳醇な香りがする。

「モロのワインは美味しいでしょう。村人は皆真面目だから水で薄めたりしないのよ」

確かに味だけではなく、酒精も強いようだ。一杯飲んだだけなのにふんわりと体が熱くなった。

酒に酔っているのは自分だけではない。美しい貴婦人たちも頬を染めていた。口も若干軽くなっているようだ。

「それでね、私長年の恋人を振ってしまったの。だってときめかない人と過ごすなんて人生の無駄でしょ、夫は別だけど」

一人の年嵩の夫人が喋《しゃべ》りだした。それは夫ではない恋人の話だ。

「それがいいわよ、あの人は駄目だって私たち言っていたじゃない」

驚いたことに不倫の恋人のことを皆知っているようだった。皆あけすけに喋っている。

「それで新しい人は見つかったの？」

そう問われると夫人は頬を染めて笑った。アレリアの母とそれほど変わらない年齢のようだが、その表情は少女のようだった。

「今狙《ねら》っている人がいるのよ。兵士の一人で身分は高くないけれどとてもいい男だわ。筋肉がまるで縄のよう」

「いいわねえ。私の恋人はつき合いが長くなって、最近は夫と変わらないのよ。私も彼を振って新しい人を探そうかしら」

驚いたことに、皆夫の他に恋人を持っていた。貴族の妻というのはそういうものらしい。

（もしや、ドミナ様にも）

アレリアはそっと彼女の様子をうかがっていたが、恋愛話には加わろうとはしない。

（私ったら）

もし彼女に恋人がいれば自分の気持ちが楽になる、そんなことを考えたこと自体を恥じた。

「ねえドミナ様、あなたも恋人を作ったらよろしいじゃないの。本格的なものじゃなくても、恋文のやり取りだけでも楽しいものよ」

ある若い貴婦人がそんなことを口に出したのでドミナだけではなくアレリアもはっとした。

「私は結構ですわ。私に恋文をよこす殿方なんていらっしゃる？」

ドミナが微笑みながら返すとその場にいた全員が否定の呻き声を上げた。

「なんてこと！　あなたに恋い焦がれている貴族や軍人など数限りなくいるのですよ」

「皆ティウス様のご威光を恐れているだけですわ」

「この子が来たのだから、ドミナ様も恋人を作っておしまいなさいよ。実は私のいとこがね……」

この子とはアレリアのことだった。突然自分に言及されてどきどきする。

（そうだ）

ティウスと自分が愛し合っているのだからドミナだって好きな人を作ればいい。ワインの酔いも手伝ってアレリアは口を開いた。

「そうですわ、ドミナ様を愛する男はきっとたくさんいます。ティウス……様よりずっと素晴らしい方が」

ドミナはその言葉を微笑みながら聞いていた。


「今日は楽しかった、ドミナ様のおかげだ」

その夜、いつものように部屋を訪れたティウスにアレリアはそう告げた。

「なんだかいつもより陽気だな。まだワインで酔っているのか」

「あんなに美味しい酒を初めて飲んだ。ワインなんて酸っぱいだけだと思ったのに」

村で皆が飲んでいるものは発酵が進みすぎて酢のように酸っぱく、それを水で薄めて飲んでいた。だが今日飲んだワインは濃厚で、花のような香りがした。

「あなたが飲める口だとは知らなかった。今宮殿のワインを持ってこさせよう」

すぐにピッチャーとゴブレットが寝台の傍のテーブルに運ばれてきた。ティウスが赤いワインを注ぐと寝台の中でも酒精の香りが拡がる。

「これは北の土地で作られた最高級品だ。斜面で作られているから葡萄の量が少ない。だが濃厚な味わいがする。モロの酒より高価なのだぞ」

まるで張り合っているようなティウスの口調がおかしかった。その酒を一口含むと木の実のような香りがする。一口飲むだけで体が熱くなるほど強い。

「とても、美味しいな、これも……いい香りだ」

ティウスもワインを一口飲む。彼の白い肌がほんのりと赤く染まっている
「ワインとあなたの香りが混じり合って、官能的だ……綺麗だよ」

ワインの混じったキスをされる。彼の舌もいつもより熱かった。

「なんだか……おかしいんだ、力が入らない」

最高級のワインはとろりとした酔いをもたらした。アレリアはティウスの胸にもたれかかる。

「横になって、あなたを味わわせて」

ティウスは横たわるアレリアからトーガを脱がせる。そしてゴブレットからワインを胸元に垂らした。

「ああ……」

胸の谷間に小さな赤い池ができた。ティウスはそれを唇で啜り取った。

「あなたは最高の器だ。いつもより美味しいよ」

彼はアレリアの肌に垂らしては飲み、垂らしては飲みを繰り返す。肌からワインが染み込んでアレリアの酔いも強くなっていくようだ。

「もう、いつまで、するつもりだ……あ、あああっ」

酒を啜る舌が乳首に触れた。そこはもう飛び上がるほど敏感になっている。

「いつもより感じるだろう？」

火照った舌に包まれて乳首が膨れ上がる。ティウスはそこにも酒を垂らして子羊のようにしゃぶりついた。

「ああっ、あああ！」

くちゅくちゅと口の中で転がされる、舌先が先端を擽った。気が遠くなるほど気持ちがいい。

「もう、もう、いく、いきそう……！」

まだ触れられていない足の間が熱い。アレリアは自分で腿を擦り合わせ、快楽を鎮めなければならなかった。

「さあ、今度はこちらで飲ませてもらおう」

アレリアの腿はしっかりと鍛えられて隙間がなかった。その根元にティウスは赤い酒を注ぎ込む。

「ああ、そんなところ」

自分の柔毛が酒に濡れているのが見える。そこに彼の顔が近づき、ぴちゃぴちゃと舐めた。

「ひゃうっ」

高価なワインを惜しむように彼の舌が潜り込んでくる。酒と蜜が混じり合った液体を啜り上げられてアレリアは悶絶した。

「あああ、駄目、そこっ、だめえ……！」

とろとろに融けた果肉を舌先が掻き混ぜる。くちゅくちゅという音がアレリアにも聞こえた。

「ひゃう、いっちゃう……いくっ」

もうすでに膨らんでいる淫靡《いんび》な芽は、一舐めされただけで破裂してしまう。

「あうっ、あああ」

ぶるぶると震える花弁をしゃぶりつくされる。たっぷりと感じさせられたあとで彼がゆっくりと入ってきた。

「なんだか……いつもより、感じる」

体内の感触が敏感になっているようだ。彼の存在をしっかりと感じる。

「私もだ……あなたの、中が、気持ちいいよ……」

ティウスの手が背中を這い回る。首筋に舌が這うとぞくぞくする。

「もっと……抱きしめて」

彼を感じたい、中だけではなく全身で。

「あなたも……私に抱きついて欲しい、しっかりと」

アレリアは彼の背中に手を回して抱きしめた。固い筋肉を感じる。女のように白い肌の下には強健な体があった。

「ああ、ティウス……好きだ、好き……」

うわごとのように呟くアレリアの唇はキスで塞がれる。

「愛している、ずっと……一生傍にいて欲しい、愛している……」

言葉と共に体の奥を何度も突かれる。気が遠くなりそうな快楽だった。すべてを彼に預けたくなる。

「好き……ずっと、抱いていて」

やがて彼が体内で破裂する、その後も長く抱いていて欲しい。

(一晩中傍にいて)

そんなことを考える自分が怖かった。

(こんなこと思ってはいけないのに)

彼はドミナに返さなければならない。正式な夫婦なのだから。

(でも)

もし子供ができたら、彼は傍にいてくれるだろうか。

(駄目、駄目、駄目)

こんなことを考えてはいけない。ドミナから彼を奪ってはいけないのだ。

彼女は自分のような女にも優しくしてくれるのに。

「あ、いく……出すよ」

奥に放たれる感触にアレリアはぶるぶるっと震える。

「ああ、ティウス……」

二人はしばらく抱き合っていた。辺りはしんとして、夜に鳴く鳥の声も聞こえない。

(世界に二人だけならいいのに)

ここが宮殿でなく、周りに貴族も使用人もいない、二人きりならいいのに。

そうすればこのままずっと抱き合っていられる。

「……そろそろ行かなければ」

だがティウスはしばらく抱き合った後、ゆっくり体を起こした。肌と肌が剝がされる感触がある。

「……うん」

アレリアはそれしか言えなかった。身支度を整えて部屋を出ていくティウスの後ろ姿を見送ることしかできない。

(私はこんな女だったのか)

自分は嫉妬という感情とは無縁だと思っていた。そもそもティウスとは恋人同士ですらなく、奴隷と主人の間柄なのに。

それなのに、一晩中一緒にいることを求めてしまう。

(駄目だよ、ドミナ様が待っているのだから)

彼女はティウスが戻るまで、どんなに夜遅くても起きて待っていると聞いた。そんな女性から彼を奪うことはできない。

(でも、この気持ちをどうしたらいいんだ)

ティウスとできるだけ長く過ごしたい。抱き合うだけではなく、どうということのない会話をして過ごしたい。

(寂しい)

家にいた時は母や妹がいた。村人たちとも仲がよかった。

もちろんここでも、よくしてくれる人はいる。ドミナは優しいしサドゥもいろいろと気遣ってくれる。

それでも寂しさは消えなかった。

(彼のせいだ)

ティウスが自分一人のものではない。

それだけでこんなに寂しい。

(どうしてこんな気持ちになるんだ)

これが人を愛するということなら、想像したよりずっとつらい。

さっきまで二人で睦み合った寝台に丸くなり、二人で飲んだワインの残りを飲み干す。

（一緒に飲みたかった）

村で飲んだ酸っぱいワインのことをもっと話したい。初めて飲んだ時酔っぱらってしまい川に落ちた話や、そんなことを。

（今頃ティウスはドミナ様となにを話しているんだろう）

従妹として長年一緒に過ごしてきた二人だ、体の関係はなくとも絆《きずな》はあるだろう。

（それに、彼女は貴族だ）

この国を平和に保つために二人の婚姻が必要なのだ。

（もしかすると、私は子供が生まれたら追い出されるのでは）

跡継ぎができたら自分は用なしだ。ティウスは自分を一生愛すると言ってくれたが、もし彼女が頑強に反対したら。

（馬鹿な）

アレリアはふと芽生えた気持ちを必死で打ち消した。

（ドミナ様はそんなことしない。いい方じゃないか）

彼女のほうからわざわざ身内の会に呼んでくれた。自分が話している時も微笑みながら聞いてくれた。

（あの方とも仲良くなりたい）

そうすればこんな苦しい思いもせずに済むだろうか。

一人でワインを飲み干し、咽喉が乾いてしまった。水桶を覗くとあまり水がない。

(確か、中庭には井戸があった)

誰かを呼べばすぐに持ってきてくれるだろうが、そんなことはしたくなかった。自分はサドゥや他の使用人と同じ奴隷なのだから。

外に出ると夜の空気が気持ちいい。アレリアは酔いにまかせて中庭に足を踏み入れた。

(え?)

自分以外に人の気配がした。アレリアは思わず植え込みに身を隠す。

「……お顔を洗う水を持ってこさせるわね」

その声に聞き覚えがあった。今日のワイン会で話していた年嵩の貴婦人だ。

「待って、まだ涙が止まらないの」

その声は紛れもなくドミナだった。

(どうして?)

今ティウスと一緒にいるはずの彼女が、なぜこんなところで泣いているのだろう。

「こんなことでは駄目ね。ティウス様が待っているのに……ますます嫌われてしまうわ」

彼女のか細い声が聞こえた。続けて貴婦人の囁き声がする。

「ドミナ様があの女のためにお心を痛めることはないのよ。一声お父様にご相談になれば、すぐに皇帝陛下と別れさせられるはずなのに」

（私とティウスを離れ離れに？）

ドミナの父は有力な貴族だ。彼が自分の存在を疎ましく思い皇帝に進言すれば、たとえ彼といえど無視はできまい。

だがドミナは貴婦人にすかさず反論した。

「そんなことはいたしません。初めてティウス様がご興味を持たれた方よ。将来のロマーノの皇帝を産むかもしれない人なの」

すると貴婦人は憎々しげに言った。

「あんな奴隷上がりの女に……しかも、闘技場で剣闘士をしていたというではないの。彼女の話を聞いたでしょう。体の傷を自慢げに見せていたわ。どんな暮らしをしていたか知れたものじゃない」

アレリアはぐっと悔しさを堪えた。自分はどんな境遇に堕ちても必死で純潔を守っていたのに、周囲の人間はそんなふうに見ていたのか。

「そんなふうに言わないで。アレリアはそんな女性には見えなかったわ。元は兵士だった父に厳しく育てられたと聞きます。たまたま奴隷になっただけで、中身はちゃんとした人よ」

涙が出そうになった。ドミナはそこまで自分のことを信頼してくれていたのか。

（それなのに自分は）

彼女とティウスの仲を嫉妬していた、なんて酷い人間なんだ。

そして次の言葉がアレリアをさらに打ちのめした。

「あの女にそんなお言葉はもったいないわよ。今日の言い草を覚えてらっしゃるでしょう。『他の恋人を作れ』と言ったのですよ。ティウス様を奪っておいて、盗人猛々《ぬすっとたけだけ》しいわ」

（あっ）

頭を殴られたようだった。確かに自分はそう言った。彼女を励ましたい一心だったのだが、それがどれほど残酷な言葉か自分では気がついていなかった。

（私は、なんてことを）

ドミナの声は、あくまで静かだった。

「私はあの言葉に傷ついてはいないのよ。彼女は私を気遣っただけ……それに、ティウス様は奪われたのではなくご自分の意思で彼女を選んだのよ」

気丈な言葉の奥に悲しみが横たわっている、さすがのアレリアにもそれが感じ取れた。

「あなたはなんて立派な方なの……どうしてティウス様はドミナ様を放置してあの女を」

貴婦人の声に涙が混じっていた。対照的にドミナはもう泣いてはいない。

「それでもティウス様は夜こちらへ戻ってきてくださる。私にはそれで充分なのよ。今頃アレリアは一人で寝ているわ。きっと寂しいでしょう」

（わかってくれていた）

ドミナは自分の孤独をわかってくれていた。それがかえって苦しい。

「ありがとう、夜中までつき合ってくださって。もう戻ります。このことは誰にも言わないで」

ドミナと貴婦人が中庭から立ち去ってもアレリアは動けなかった。

(私はなんてことを)

あんな優しい人を傷つけていた。

(明日からどんな顔をして過ごせばいいのか)

とても普段通り、平気な顔をして過ごすことはできない。

(私はここにいていいのか?)

ティウスのことは愛している。彼から愛されているという自覚もある。

だが自分のせいで傷ついている人間が一人いるのだ。

(どうして私を愛したの?)

ティウスの考えていることがわからない。彼が自分と同じようにドミナを愛していれば、これほど苦しくなかったろうか。

(私はどうすればいいのか)

ふらふらと植え込みから立ち上がる。その時誰かが話しかけた。

「アレリア様ですよね」

それは初めて見る侍女だった。若い彼女は辺りを見回すと足音をひそめて近寄ってくる。

「以前から話しかけたかったのです。でもアレリア様のお傍にはいつもティウス様かサドゥがいたので」

「なんだ、あなたは誰？」

侍女は俯いたまま小声で言った。

「私は最近宮殿に来たのです。住んでいたのはコシド村です」

村の名には聞き覚えがあった。アレリアの住んでいた村の隣にある。

「あそこの出身だったのか。一緒に祭をしていたものだ」

すると彼女はさらに声を抑えて言った。

「うちの村でもアレリア様の噂で持ち切りでした。隣村から皇帝の寵姫が出たのですから……それで宮殿に来る前にアレリア様の村を通ったのです。お身内を一目見たくて」

胸がどきどきした。久しぶりに母と妹の話が聞けるのか。

「元気だったか？　畑仕事の手は足りているだろうか」

すると彼女の顔が曇った。

「それが……お伝えするかどうか迷ったのですが」

いやな予感がする。二人になにかあったのだろうか。

「アレリア様の土地に行ったら、そこの持ち主は別人でした。お母様や妹様は、そこで奴隷として働いていました」

「なんだって！」

頭を殴られたような衝撃だった。母と妹は奴隷の身分から脱して自分の土地を取り返したはずなのに、どうして？

「どうして二人が奴隷なんだ。あの土地は取り戻したはずだぞ！」

思わず大きな声を出すアレリアの口を侍女は慌てて押さえた。

「いけません、そのようなお声を出しては……お二人が奴隷になっていることは宮殿では秘密にしなければなりません」

彼女は宮殿の世話役にアレリアの身内のことを打ち明けた。するとこう脅されたという。

『あの二人のことは宮殿で話してはいけない。アレリア様の耳に入ったらお前もお前の身内も奴隷に落としてしまうぞ』

頭がぐらぐらする。血の気が引いていった。

「私は村人に尋ねました。どうして皇帝の寵姫の身内が奴隷のままなのか——お母様や妹様は村に着いてすぐ土地の所有者に渡されたそうです。皇帝陛下は二人の分の金は支払っていないので、自分で働いて借金を返さなければならないのですよ」

（嘘だった）

二人を自由の身にして土地も与えるというのは嘘だったのか。

「……今すぐティウスに確かめる」

ふらふらと彼の寝所へ向かうアレリアを侍女が止めた。

「おやめください、本当のことなどおっしゃるはずがありません。それに、このことが知られたら私も奴隷にされてしまいます」

そうだった、もしそれが本当ならティウスは真実を言わないだろう。

「では、どうすればいい？」

「こっそり宮殿を抜け出して、村へ行ってください。そうすれば証拠が摑めます」

だが、それをしたところで二人を自由にできるだろうか。

「私は奴隷の身、まだ子供もいない。そんな人間が皇帝に逆らうことができるだろうか」

すると彼女はアレリアをしっかり見つめて言った。

「いいえ、皇帝陛下といえどもこのことがばれたら市民の支持を失います。二人を救い出したら都市に戻り、討論場へ行きこのことを訴えるのです。寵姫を騙していたと知れたらきっと市民たちは怒り出しますわ」

都市には討論場があり、市民なら誰でも自分の言いたいことを皆に伝えることができる。その言い分が正しいなら、国を動かす場合もあるのだ。

(ティウスが私に嘘をついていた)

信じられなかった。信じたくない。

あれほど甘い言葉を囁いていたのに、自分の家族は奴隷に堕としていたなんて。

(でも、ここでは確かめるすべがない)

今すぐ村に行かなければならない。こんな気持ちのままここで暮らすなんてできない。

(もし、これが嘘でも)

初めて会った侍女の言うことをどこまで信じられるかわからない。嘘かもしれない。

(嘘なら、こっそり戻ればいいだけだ)

都市から村まで、馬で駆ければ夜のうちに着く。母と妹が無事ならすぐ戻ればいいだけだ。

なにより、こんな気持ちのままティウスに抱かれるなんてできなかった。

(今夜中に確かめなければ)

アレリアはトーガの上にガウンをかぶり、侍女に促されるまま馬に乗ると裏門から宮殿を出た。彼女も一緒に騎乗する。

「私は都市から村までの道を知っております」

「ありがとう、助かるよ」

「あと、これをお持ちください」

侍女が差し出したのは父の形見である狼殺しの剣だった。宮殿に入る際取り上げられていた。

「これを持っていっていいのか?」

アレリアは戸惑いながら剣を手に取る。久しぶりの感触は手に重かった。

「道中なにが起こるかわかりません。武器なしでは危険ですわ。それにお母様と妹様を奴隷にしている人物が素直に渡すとは思えません」

「そうか、そうだな」

アレリアは紐で剣を胴に縛りつけた。

幸いその夜は月が出ていた。アレリアと侍女の乗った馬は街道を真っ直ぐ駆け抜ける。

(お母さん、コジナ、どうか無事で)

奴隷なんて信じられない、幸せに暮らしていると思っていたのに。

(ティウスを嫌いになりたくない)

アレリアの胸の内はそんな想いでいっぱいだった。

九　裏切りの夜

夜がかなり更けた頃、ようやく馬は懐かしい村に着いた。昔アレリアたちが住んでいた場所には新しい家が建っている。以前の家は焼かれてしまったからだ。

「私は馬を繋いでおきます。アレリア様は早くお二人の元へ」

「ありがとう、あなたのおかげだ」

アレリアは剣を持ってその家の扉を叩いた。住人は眠っているのかなかなか反応がない。

「こんばんは、頼む、開けてくれ。以前ここに住んでいた者だ！」

ようやく人の気配がする。扉の向こうから聞こえるのは年嵩の女性の声だ。

「どなた？　なんだか、私の娘に似ている声だけど」

アレリアの体がかっと熱くなった。その声はまさしく母のものだったからだ。

「お母さん、私です、アレリアです。宮殿から会いに来たんですよ」

すると扉の向こうでがたがたと二人の人間が歩き回る音がする。そして若い娘の声がした。

「本当に姉さんなの？　宮殿で皇帝の寵姫になったはずでは」

二人はなかなか信用してくれなかった。アレリアはじれったくなって大声で叫ぶ。

「コジナ、早く開けてくれ。そうでないとお前の想い人が羊飼いのショーンだということを村中にばらしてしまう」

すると扉がばっと開いた。目の前にいるのは懐かしい母と妹の顔。

「姉さん、そんなことを言うなんて酷いわ！」

コジナが顔を真っ赤にしてアレリアの胸に飛び込んできた。母は口を押さえて自分をじっと見つめている。

「アレリア、本当にお前なの？　ああ、もう会えないんじゃないかと思っていたわ」

母も細い腕で抱きついてきた。再会は嬉しいのだがアレリアには確かめなければならないことがある。

「お母さん、コジナ、ここは二人の家なのか？　奥に主人がいるのでは」

アレリアの言葉に二人は眼を丸くした。

「なにを言っているの？　ここは私たちの家よ」

「お姉ちゃん、奥ってなんのこと？　部屋は一つしかないじゃないの。前と同じよ」

確かにそうだ。扉を開けると土間に部屋が一つ、奥に家族全員で寝るベッドが置いてある。以前住んでいた部屋とほぼ同じだ。

（では）

「二人は、奴隷ではないのだな」

その言葉に母とコジナは同時に噴き出した。

「やだ、夢でも見たの？　奴隷だったのはお姉ちゃんが剣闘士をやっていた短い間よ。ティウス様に解放されて、昔の土地も取り戻して……本当に忘れた？」

(騙された)

アレリアは慌てて外に出る。馬を繋いでいるはずの侍女はもういなかった。

(あの女は私を騙したんだ)

だが、どうしてこんなことを？

彼女がどうして嘘をついてまで自分をここへ連れてきたのだろう。

アレリアの背後から母が心配そうに話しかける。

「お前、こんなところにいていいのかい？　宮殿にいる人間はよほどのことがない限り外には出られないんじゃないかい。ましてやお前は皇帝の寵姫なのだから」

(そうだ)

もしこのことが彼に知られたら大変なことになる。他の男と逢引《あいび》きをしていたと思われても仕方がないのだ。

(まさか、それが理由か)

誰だかわからないが、自分とティウスを引き離したい人物がいたのだ。その者が人を使ってこんな企《たくら》みをした。

それに乗って自分はまんまと宮殿を脱走してしまった。しかも剣を持って。

(これでは私は謀反人ではないか)

アレリアは真っ青になって母と妹に事の次第を打ち明けた。

「じゃあ、姉さんはその人に騙されて皇帝に内緒でここに来たの？」

コジナの顔が青ざめる。

「そうだ。だから私は急いで宮殿に帰らなければならない。でも馬がないんだ」

それを聞いて二人も顔を見合わせた。だがどうしようもない。この家には馬どころか驢馬《ろば》すらいないのだ。

「村長さんに頼んでみようか。確か馬を持っていたわ。借り賃はあとで払うことにすれば」

「あのケチな人が貸してくれるかしら」

「でもこの村で馬を持っているのは村長だけじゃない」

母と妹が議論している時、月夜の下を駆けてくる騎馬の人物がいた。

(あれは)

四人が馬に乗ってこちらへやってくる。一人の頭は月の光の下、光り輝いている。

(まさか！)

四頭の馬は真っ直ぐこちらへ近づいてくる。母と妹は怯《おび》えて抱き合った。

「あれはなに、お前を捕まえに来たの？」

アレリアは答えられなかった。棒立ちになっている自分の傍に一頭の馬が近づいてくる。残りの三頭は背後に控えていた。

騎乗の人間が下りてきた。質素な服を着ているが、その髪と蒼い瞳は間違えようがない。

「アレリア」

目の前にティウスが、皇帝が立っていた。

「どうして……ここに」

そう呟いたアレリアを彼は強く抱きしめる。

「それはこっちのセリフだ。なぜ勝手に宮殿を抜け出した。周囲に知られたらただでは済まないんだぞ」

（ああ！）

事を大きくしないように彼はお忍びで迎えに来てくれたのだ。アレリアは彼をしっかりと抱きしめた。

「ごめん……ごめん、母と妹が奴隷になっていると教えられたんだ。それを信じてしまった。私はなんて馬鹿なんだ」

ティウスはきょとんとした顔になる。

「奴隷？　そんなことを誰がお前に言ったんだ。お前の母も妹も馬車に乗って故郷へ帰ったのを見ただろう」

確かにそうだった。確かに自分の目で見たのに、誰とも知らない人の言葉に乗ってしまった。

「誰だかわからないんだ、それを伝えた侍女はどこかへ行ってしまった。一緒にこの村に来たはずなのに」

彼はアレリアの顔を覗き込む。

「やれやれ、あなたは剣の腕は素晴らしいが宮殿での噂話には弱いらしいな。あそこで囁かれる話の十に八つは嘘なのだから」

「だ、だって仕方ないだろう、驚いたんだから！」

アレリアは彼の胸に顔を埋めた。今夜の心配事が淡雪のように消えていくのがわかる。

「ごめん、他にもいろいろあって……気持ちが不安定になっていた。そこに噂を囁かれて、つい信じてしまった。心配かけてすまない」

彼の手がゆっくり背中を撫でる。

「馬鹿だな。不安なことは一番に私に打ち明ければよかったじゃないか」

そうだ、あんな不確かな情報でどうしてティウスを疑ってしまったのだろう。こんなに愛しているのに。

「ごめんよ、どうかしていた。宮殿に帰ってゆっくり話そう」

彼の手がぽんぽんと頭を叩く。

「そうだな、宮殿に帰ろう。私の馬に乗るんだ」

だがティウスに従ってきた騎馬の一人が下りて歩み寄ってきた。どうやら兵士の一人らしい。

「皇帝陛下、月が雲で隠れてしまいました。この闇夜で宮殿まで帰るのは危険でございます。馬も怯えるでしょう」

さっきまで夜空に輝いていた月は隠れてしまっていた。分厚い雲がゆっくりと流れてきている。

「そうか、私がいるのだから無理に戻ることはない。一晩この村で過ごすとしよう」

二人の背後では母と妹が呆然としていた。

「皇帝陛下？　本当に？」

「どうしよう、お母さん、うちに泊まってもらう？」

「馬鹿なこと言わないで。こんな小さな家にお泊めできるはずないじゃないの」

するとティウスは二人のほうへ向き直る。

「いいえ、ぜひこの家に泊めてもらいたい。アレリアがどんな家庭で育ったのか知りたいのだ」

彼の言葉に母はおろおろする。

「もったいないお言葉……しかし、うちには寝台が一つしかありません」

そんな母の袖をコジナが後ろから引く。

「お母さん、この家は皇帝陛下とお姉さんに使ってもらいましょう。私たちはショーンの家に泊めてもらえばいいわ」

コジナの口から羊飼いのショーンの名が出てアレリアは驚く。

「なんだって？　お前、彼とつき合っているのか？」

コジナは夜目にも顔を赤らめている。

「違うのよ。ショーンは盗賊の襲撃からは逃れたけど羊を全部失ってしまったの。だからうちの農作業を手伝ってもらっているのよ。それだけよ」

そういう妹の顔は恋の気配に満ちていた。

「そんなことよりお姉さんと皇帝陛下でしょ。急いで掃除するから待っていて」

家の中でばたばたと片づけをする音がして、二人が出てきた。

「じゃあ私たちはショーンの家にいるわ。なにもありませんが明日の朝までごゆっくりなさってください」

村はずれのショーン宅まで歩いていく母と妹のあとを一人の兵士がつき添っていった。

「では、お邪魔させてもらおう」

ティウスは宮殿と比べて小さすぎるアレリアの実家になんのためらいもなく入り、小さな椅子に座った。一緒についてきた兵士が慌てて部屋の中を点検する。

「室内は危険ありません。ですが、アレリア様が……」

はっと気がついた。自分はまだ狼殺しの剣を腰につけたままだった。

「これはあなたに預けよう」

アレリアが剣を兵士に渡そうとして。それをティウスが制す。

「いや、ここはあなたの家だ。それはあなたの剣だ。あなたが持っていたければかまわない」

彼の言葉に心が温かくなる。ティウスに信頼されている、それが嬉しかった。

「ありがとう。これは父の形見だから、嬉しいよ」

ティウスは小さな部屋の中で穏やかに笑っている。

「なんでもない、あなたから奪ったものを返しただけだ」

二人は兵士が持っていたチーズと固いパンを食べ、家にあった緩いトーガを着てベッドに入る。藁《わら》を敷いた粗末なベッドだったがアレリアは心の底から落ち着いていた。

「お前とここで眠れるなんて」

彼の肩に頭を乗せる。

「以前の家もここにあったのか?」

「そうだ、昔の家は燃えてしまったがここにあった。もう少し広かったよ」

するとティウスはベッドから立ち上がり、小さな窓から外を見た。

「どうしたんだ？」

「やはり、私は子供の頃ここに来たことがあるようだ」

「なんだって」

アレリアは思わず彼の隣に駆け寄った。窓からは楡《にれ》の木が見える。そちらが太陽の方向なので、ここに家を建てれば窓は木の見えるほうに開けるのが当たり前だった。

「私が六歳の頃だ。母は死に、父の愛妾に子が生まれた。グラウスのことだ。彼の母は自分の子供を皇帝にしたくて私の命を狙った。宮殿では私を守ることができないと思った将軍が信頼できる部下に私を預けたのだ。『狼殺し』と呼ばれた元兵士の男だ」

「ええっ」

アレリアは驚愕した。それは自分の父ではないか。

「私は田舎にある彼の家でしばらく過ごした。身分を隠して暮らしていたので彼は自分の子供と同じ扱いをしてくれた。朝は一緒に畑仕事をし、剣の稽古をつけてくれた。彼の息子だと思っていたのだが、従弟だったのか？　今どうしているか知らないか」

そこでアレリアは大声で叫んだ。

「それは私だ！　私に従弟はいない、お前と一緒に剣の稽古をしたのは私だ！」

かすかに覚えている。小さい頃見知らぬ男の子が家にいた。金髪で色の白い、ひ弱そうな子供だった。アレリアと剣の稽古をしてよく泣いていた、あの子が……。

ティウスは驚いたように顔を見る。

「そんな馬鹿な。あの子は確かに男の子だった。髪が短かったのだ。女性が髪を切るはずはない」

アレリアは彼の勘違いを理解した。貴族の女性は一生髪を伸ばし続ける。髪の短い女がいるなんて想像すらしていなかったのだ。アレリアは子供の頃髪を結ぶことがいやで短くしていた。

「その短い髪の子供が私だ。黒髪だっただろう？　木の棒で戦って、お前は何度も泣いていた」

すると彼の顔がみるみるうちに赤くなった。

「泣いてなどいない、痛みで涙ぐんだだけだ」

「いいや、泣いていた。負けたくせに何度も挑んできて、父に止められたら母に泣きついたくせに」

アレリアの記憶の底から過去が蘇ってきた。ほんの短い間だったから忘れかけていたけれど、兄弟のように過ごしていた子供が確かにいた。

ティウスの顔がみるみるうちに歪んでくる。

「あなただったのか……私はずっと忘れていなかった。あなたに兄がいないと聞いて、子供の頃死んでしまったのかと思っていた。彼が生きていたら生涯の友になって欲しかった」

アレリアの目も熱くなってきた。

「それは私だ……お前の生涯の友になれるか？　女では無理なのか？」

ティウスは彼女を強く抱きしめる。

「あなたは私の生涯の友で、愛する人だ。一生私の傍にいてくれ」

アレリアは彼の頭を掴んで口づけをする。子供の頃何度も叩いた小さな頭は今とても高いところにあった。

「馬鹿だな……すぐに聞けばよかったのに」

「だってあの時の子供があなただとは思えなかった。とても女らしくて美しくなっていたから」

「女らしい？　私がか？」

背も高く筋肉質の自分が女らしいなんて初めて言われた。

「私のどこが女らしいんだ。どんなに着飾っても太い腕は細くならないのに」

すると彼の手が自分の腰を撫でる。

「あなたの体はどこもかしこも美しい。この曲線、大地の女神のようだ」

ティウスの言葉は甘く体に染み込んでくる。弱い毒のようにアレリアを陶酔させる。

「私たちはずっと前から結ばれる運命だったのだな」

そんな言葉も今だけは素直に受け取りたい。

「あなたのように美しい人が今まで誰のものにもならなかったなんて、信じられないよ。神様が私と結びつけるため魔法をかけていたのかな」

恥ずかしさと嬉しさでアレリアは彼の顔に胸を埋めた。だんだん記憶が蘇ってくる。

突然現れた金髪の男の子はとてもおとなしく、男の兄弟ができたと思ったアレリアはつまらなかった。

「私はお前に優しくなかったな。川に無理矢理入れたり、虫を摑ませたり」

「そうだ、私はここで蟬《せみ》を初めて間近で見た。あなたが木に登って持ってきてくれた。まるで宝石のようにぴかぴかと光っていた」

「川で泳がせようとしたことは覚えているか？」

「もちろん、あれで泳げるようになったのだから感謝している」

どんな思い出も彼には輝かしいものらしい。

「本当に……私でいいのか」

アレリアはまだドミナのことが心に残っていた。

「ドミナ様は私のことで苦しんでおられる。それなのに」

妻の名前を聞いたティウスの顔が曇った。

「彼女のことはすまないと思っている。ただ、私にもどうにもできない事情があるのだ。いつか話すから、少し待って……」

「事情ってなんだ、今すぐ話せ……」

　いきり立つアレリアの唇をティウスはキスで塞いだ。

「やめろ！　話をしているのに」

「話なら宮殿でもできる。この土地であなたと本当の夫婦になりたい」

　そのまま藁の寝台に押し倒された。彼はまるで初めて抱き合った恋人のように首筋に舌を言わせる。

「本当は心配で仕方なかった。あなたに別の男がいるのではないかと。その男に会いに行ったのかと思った」

「馬鹿だな……私は、もてなかったたって言っているだろう……」

　抵抗しながらもアレリアの体は融けてしまう。本当は自分だって彼に抱かれたい。

（今は、なにも考えたくない）

　ドミナのことも宮殿のことも今だけは忘れたかった。

　普通の恋人同士になりたい。

「ティウス……私は、お前が好きなんだ。知っているだろう」

　彼が顔をぱっと上げて言った。

「知ってはいるが、さんざん感じさせないと言ってくれないじゃないか。もっと何度も言って欲しい」

子供のようにすねる彼の頰にキスをして、アレリアは微笑んだ。

「愛している、お前のことを、きっと、昔から」

一緒に暮らしていた時は同じ寝台で眠っていた。初めて兄弟ができたようで嬉しかった。自分より背が低くて頼りなかったけど、だから自分が守らなければと決意していた。

再会した彼は自分より背が高く逞しくなっていたが、蒼い眼はそのままだった。

子供だった彼と遊びながら、『こんな綺麗な瞳は見たことがない』と思っていた。

あの頃から自分は彼に惹かれていたのかもしれない。

「愛している、愛している……私は昔から、お前だけを見ていた」

「私だってそうだ。宮殿に帰ってからも懐かしく思い出していた。あの黒髪の子が傍にいたらきっと助けてくれると」

アレリアは彼の背中をぎゅっと抱きしめる。

「疑ってごめんよ。お前が私を騙すはずがないのに」

ティウスの手が自分の髪を搔き乱す。

「そうだよ。どうして私を信じてくれなかったの？　私がどれほど心配したか」

その手でそのままトーガを脱がされた。

「これから体で償ってもらうよ」

皇帝の甘い処罰が始まった。

「あ、あああ……」

全身に彼の唇が這い回る。アレリアの官能はあっという間に燃え上がった。

「ああ、許して……私が、悪かった」

乳首をしゃぶられると堪えきれない声が出てしまう。

「駄目だ、今夜は何度も何度もいってもらう」

ティウスは乳首を吸いながら足の間に指を這わせる。すでに濡れている花弁はしなやかに彼にからみついた。

「ほら、もう大きくなっている」

「ひああ……」

淫靡な粒は果肉の中でもう膨らんでいた。彼の指がそれを摘まむように動く。

ちゅくちゅくという粘液の音がする。自分の体がそこまで熟れていることが恥ずかしい。

「ひゃうっ」

熱くほぐれている蜜壺の中に、指が入ってきた。

「ふああ」

指が奥で曲がり、熱い肉を擦られる。

ねっとりと探られてアレリアの全身がぶるぶると震えた。

「ああ……駄目だよ……」

ティウスは指を差し込みながら親指で丸い雌核を押すように刺激した。きゅうっと壺が収縮する。

「ひゃああ、いくっ……！」

ティウスの指を締めつけながらアレリアは達した。体がかあっと熱くなって雲の上に乗っているようだ。

「私……幸せだ」

ティウスに抱きしめられてアレリアはうっとりと呟く。

「私もだよ、あなたを再び腕に抱きしめることができて嬉しい。ここに到着するまで気が気ではなかった」

彼に心配をかけてしまった。そのことに心が痛む。

「ごめん……傷つけるつもりはなかった。お前を愛している。それは揺るがないよ」

すると彼の体が足の間に入ってきた。

「もういいよ。あなたの気持ちはこの体が表している」

アレリアの肌は彼に吸いつき、乳首もどこもかしこも敏感になっている。達したばかりの肉も彼を求めて疼いていた。

「ああ、早く……本物のお前が欲しい」

足をからめ、彼の腰を引きつけた。

「今入るよ、あなたは全部私のもの……」

アレリアは眼を瞑る、彼の感触をたっぷり感じたい——。

「陛下！　陛下！」

突然扉がけたたましく叩かれる。外で警備をしているはずの兵士だった。

「なんだ？」

ティウスの表情がさっと変わる。二人のことを知っている兵士は生半可なことでは邪魔をしないはずだ。たった今まで快楽に溺れていた人間とは思えぬほどすばやく立ち上がり、トーガを羽織る。

「どうした、なにが起こった」

「大変です。盗賊に……いえ、我が国の兵士に囲まれています」

「なんだと！」

それを聞いたアレリアも飛び上がるように寝台から下りた。

(大変だ)

アレリアも余韻を振り払って服を身に着ける。よくわからないが、彼に危機が迫っていた。ベッドの傍にあった狼殺しの剣を手に取る。勝手に体が動いていた。

「あなたは家に入っていなさい。どうやら事が起こったらしい」

振り返ったティウスの顔が強張《こわば》っている。それを見ると無理にでも勇気づけたくなった。

「なにを言っているんだ。私が並みの男より強いことはわかっているだろう」

ティウスは苦しそうに笑う。

「そうだった、忘れるところだった。だがあなたを傷つけたくない。ここにいるんだ」

だがアレリアはそれに従うつもりはなかった。今いる護衛は少なすぎる。もし向こうが大勢なら、ここに閉じこもっていても意味はない。

ティウスが薄く扉を開けると兵士の顔が覗いた。

「陛下、危のうございます。助けが来るまでお待ちください」

兵士の一人が宮殿に援軍を呼びに行ったらしい。少し安心できた。

「ううっ」

だがその兵士が悲鳴を上げて倒れた。肩に矢が刺さっている。

「大丈夫か！」

ティウスとアレリアが思わず外に飛び出ると、家の周りはぐるりと人に囲まれていた。

「なんだ、お前たちは」

月が出ていないので、彼らの持っているたいまつでしか見えなかった。盗賊のような人間と、鎧をつけた兵士たちが混じっている。

「どういうことだ、お前たちはどこの兵士だ」

ティウスが一歩踏み出して彼らに呼びかけた。皇帝の声は夜の空気を切り裂いて響く。輪の中で一人だけ馬に乗っている人物がいる。その馬が前に進んだ。その傍にたいまつを持った人物が近づく。

「お前……」

ティウスは絶句した。その顔にアレリアも見覚えがあった。

「お楽しみの時にすまないな、兄上」

馬上の人物はティウスの弟、グラウスだった。

「お前がどうしてここにいるのだ」

睨みつける兄を弟はあざ笑った。

「それはこちらのセリフだ。皇帝陛下がなぜこんな田舎に？　盗賊に襲われたら危ないではないか」

ティウスの後ろでアレリアも男たちを睨みつけていた。すると、その中に見覚えのある顔を見つける。

「あいつ、この村を襲った奴らだ！」

間違いなかった。片手を布で巻いている男はアレリアに切り落とされたからだ。

「よう、また会えたな。まさかお前が皇帝の寵姫になるとは」

片腕の男はにやにやと話しかけてきた。その顔は忘れようと思っても忘れられるものではない。

「貴様、なぜグラウス殿と一緒にいるんだ」

声を放つアレリアとは対照的にティウスは急に口ごもる。自分の考えを表すことをためらっていた。

彼の代わりにアレリアが声を放った。

「グラウス殿、あなたが盗賊の首領だったんだな。だから村が襲われても助けに来なかった」

「なぜだ」

グラウスは馬の上でにやにやと笑っているだけだった。それが彼の答えだ。

ようやくティウスが声を出した。

「なぜこんなことをする。名誉あるコモドーリアの一員なのに、盗賊の真似事など！」

グラウスは闇夜の中ただ兄を見ていた。

「コモドーリアの子供でも皇帝になれなければ権威はない。お前に敗れて俺はこんな田舎しか与えられなかった。盗賊でもやって憂さ晴らしをするしかない」

怒りが全身を駆け巡る。彼の気晴らしのために自分の村が襲われたのか。

(許さない)

ふと彼の左側を見る。そこには女性が一人立っていた。そちらにも見覚えがあった。

「そこにいるお前、私をここに連れてきた侍女だな。母と妹が奴隷になっていると嘘をついた」

自分の姿が見えていると思っていなかったその女は慌てて馬の後ろに隠れた。グラウスはそれを見て楽しそうに笑っている。アレリアは悟った。

(全部あいつの策略だった)

あの男が女を使って自分をここまで呼び寄せた。もしこれがばれれば自分は謀反を疑われて殺されるかもしれないし、ティウスを呼び寄せる餌《えさ》だったのかもしれない。

どちらにせよ、自分がグラウスの策略に乗ってティウスを危険に晒していることに変わりはなかった。

(絶対に彼を守る)

自分のせいで彼を傷つけることはできない。

「許さない。私と勝負しろ!」

アレリアは剣を抜くが、彼の周囲には兵士と盗賊が大勢そろっていた。兵士は剣、盗賊たちはこん棒や斧《おの》を持っている。

「アレリア、家の中に入っているんだ」

ティウスは彼女を後ろに隠そうとする。だがアレリアはその腕を押しのけて前に出てきた。

「お前こそ隠れているんだ。ここで死んだらあの男が皇帝になるじゃないか」

二人を包囲する輪がだんだん狭くなる。グラウスはここで自分たちを殺すつもりなのだ。

「可哀そうに。皇帝がこんな田舎にいるから盗賊に襲われてしまうではないか。大きな墓を建ててやるから安心しろ」

グラウスの声は気持ち悪いほど優しげだった。それがかえって腹立たしい。

「だから、あなただけでも逃げて欲しい。彼の狙いは私だ」

ティウスは肩に矢を受けて倒れている兵士から剣を取って構える。

「この人数を一人で倒せると思っているのか？　お前がやられたら私だって殺される」

その時グラウスが口を開いた。

「兄上、あなたが投降すればその女は助けてやろう。私が妾にしてやるから安心しろ」

それを聞いた二人は顔を見合わせる。

「あなたは私の代わりにグラウスでもいいか？」

「死んでもいやだ」

「私もだ、どうやら抵抗するしかないようだ」

二人は背中を合わせて剣を構えた。それを見たグラウスは高笑いをする。

「どうやら二人とも命は惜しくないようだな。お前たちかかれ、首を取った者には褒美をやるぞ！」

盗賊たちがじりじりと近づいてきた。アレリアは背後にいるティウスに声をかける。

「穴ぐらだ、ティウス、覚えているか」

一瞬の無言ののち、彼は答える。

「覚えている」

「では、包囲網を抜けたらそこに行くんだ。わかったな」

一人の男が先走って襲いかかってきた。ティウスはその男を一太刀で倒す。

「かかれ！」

それを合図に盗賊たちがどっと襲いかかってきた。二人は背中を合わせたまま彼らを次から次へと弾き飛ばす。

「たあっ！」

アレリアは一番体の大きい盗賊の足元にしゃがみ込み、腱《けん》を切った。彼が倒れ込んで一瞬皆の動きが止まる。

「今だ、走れ！」

アレリアの号令でティウスは楡の木へ走りだした。その後ろから自分も続く。

「逃がすな、追うんだ！」

グラウスの声を後ろに聞きながら必死で楡の木を目指す。ティウスが振り返って手を差し出した。

「一緒に行こう！」

アレリアは彼の手を握る。その手は強く、熱かった。

(ティウス)

二人は楡の木の背後に隠れた。グラウスが馬で追ってくる。

「どこへ逃げるつもりだ。その木がどれほど大きくてもお前たちを隠すことはできん」

だが兵士や盗賊たちが楡の木にたどり着くと、二人の姿は忽然《こつぜん》と消えていた。

「どういうことだ、よく探せ、木の上もだ」

人勢の男が木の根元や梢《こずえ》を探す。だがティウスとアレリアの姿はどこにもなかった。

「どうなっているんだ、大人二人が隠れるような大木ではないだろう!」

グラウスは怒り狂って馬を下り、木に駆け寄った。幹には大きな洞があるが、その中にも人影はない。

「いったい、どこへ行った……なにが起こっているんだ……」

呆然とするグラウスの周りで盗賊や兵士たちが騒ぎ出した。

「神が皇帝をお救いになったのか?」

「そうだ、皇帝は神のご加護を受けている」

「皇帝に剣を向けた俺たちにも神罰が下るんじゃないか」

盗賊たちは慌ててその場から逃げ出し、兵士たちも浮足だっている。

「待て、この場にいて私を守らぬか!」

　グラウスが叱責してもいったん崩れた陣営は元には戻らなかった。盗賊たちが、そして兵士たちすらばらばらと彼の元を去っていった。

　わずかに残っている人物もいたが、そこへ遠くから馬が駆ける音が聞こえる。

「陛下、ご無事ですか」

　それは美しい銀の鎧を煌《きら》めかせて来襲した宮殿からの援軍だった。二十騎ほどだったがその勢いは凄《すさ》まじい。それを見たグラウスの護衛は——あの女も含めて——すべて去っていった。グラウスは二十騎の兵士に囲まれる。百人隊長が馬から下りて彼の馬の手綱を握る。

「グラウス様、ティウス様をどうするおつもりだったのですか」

　駆けつけた百人隊長に捕らえられたグラウスはむしろ強気だった。

「なんだと？　私は盗賊に襲われたティウスを助けに来たのだぞ。無礼だろうが。馬を離せ」

　その時かすかに彼の声が聞こえた。

「グラウスは私とアレリアを殺そうとした。早く捕らえるのだ、私が許可する」

　楡の木にできた洞から、金髪の頭が見える。

「なんだと……」

　グラウスは絶句して立ち尽くす。狭い穴の中からティウスが這い出してきたからだ。

「私はここにいる、そしてお前のやったことを全部覚えているぞ。おとなしく捕えられれば手荒な真似はしない」

グラウスはとうとうその場に膝をついてしまった。

「どうしてだ……さっき、その中は探したのに」

ティウスの後ろからアレリアも出てきた。彼と同じように泥だらけだった。

「この中には狐《きつね》の巣穴がある。そこを私たちが拡げて秘密基地を作っていた。二人しか知らないことだ」

グラウスは土で汚れた二人を見上げ、げらげらと笑った。

「お前たちお似合いだよ。宮殿にいるより田舎で農家をしたほうがいいんじゃないか」

ティウスは弟に手を差し伸べる。

「それも魅力的な話だが、私は宮殿でまだ役目がある。まずはお前の罪を正すことだ」

助け起こされたグラウスは兵士に手を取られ、二人の前から去っていった。

「やれやれ、二人余裕で入れると思ったのにずいぶん狭かったな」

ティウスの後ろにいるアレリアも全身泥だらけだった。

「当たり前だ。あれを作ったのは子供の時だぞ」

アレリアの髪についた土をティウスが叩いて落とした。そんな彼の顔も服も泥だらけだ。

秘密基地は大人二人には狭く、土の中に体を押し込めなければならなかったのだ。

「……やっぱり、お前だったんだな、あの子供は」

アレリアはティウスをじっと見つめた。彼が幼い頃の友人だったことがこれで証明できたのだ。

「私のことはすっかり忘れていたようだな。私は折に触れ古い友のことを思い出していたのに」

確かにそうだ、毎日の労働の中で昔遊んだ友人のことは記憶の底に沈んでいた。

(そうだろうか)

彼のことは一度も思い出さなかっただろうか。

(違う)

彼はある日、突然いなくなってしまった。父に聞いてもなにも教えてくれない。今にして思えば、将来の皇帝候補であるティウスのことを忘れさせたかったのだろう。だが子供だったアレリアは傷ついた。

『友達だったのに』

彼が急にいなくなったことが悲しくて、何度も泣いて、忘れようとしていた。

頭の中に封印していたのだ。

その彼が皇帝になり、自分を奪っていった。

「私は……お前がいなくなって、寂しかったぞ」

ぽつんと呟くと、ティウスはアレリアをぎゅっと抱きしめる。

「すまないが急いで宮殿に戻り、テルマエの用意をさせてくれ」

不意に話しかけられた兵士はどぎまぎする。

「テ、テルマエですか」

「グラウスに邪魔をされて途中で終わってしまった。このままでは寝つけない。すぐ宮殿に戻って続きをしよう」

あけすけな話を兵士の前でされてアレリアは真っ赤になった。

「馬鹿！　今日は闇夜だから戻るのは危ないと言われたじゃないか」

「これだけの兵士がいれば大丈夫だ。それとも土まみれのまま行うか？」

「そ、それはいやだけど」

「では決まりだ」

有無を言わさず馬に乗せられ、宮殿へ向かう。アレリアは恥ずかしくて仕方がない。密着しているティウスの体はもう固くなっているからだ。

「はしたないぞ、皇帝ともあろうものが」

「安心したら体が緩んでしまった。早く戻って最後まで行わないとおかしくなってしまいそうだ」

確かにさっきはもう少しのところで邪魔が入ってしまった。アレリアの体もまだ熱が残っている。

「早く帰ろう、泥を落としてやる」

アレリアはティウスの腰に腕を回してしっかりとしがみつく。

十　切れぬ絆

宮殿に戻ると真っ先に現れたのは侍女のサドゥだった。

「アレリア様！　どこに行ってらしたのですか。私は生きた心地もしませんでした」

「ごめんよ、説明は後でするけれど、故郷の村に行っていた」

「まあまあ、それでどうしてそんなに泥だらけなんですか？　皇帝陛下まで」

「叱るのはあとにしてくれ、ティウスと私を綺麗にして欲しい」

二人はいつもアレリアが使っているテルマエに入った。こちらをティウスが使うのは初めてだ。

「こぢんまりとしているが、ここも美しいな」

愛妾専用のテルマエは、夜に入ると蠟燭の光に照らされてほんのりと明るかった。湯に浸かると体から土が落ちていく。

「こっちにおいで」

湯の中でティウスに抱きしめられた。寝台の上とは違う、空中に浮かんでいるような感覚。

「無事でよかった」

彼の体を抱きしめると、不意に恐怖が湧き上がってくる。ほんの少し前まで二人とも命を落とすところだったのだ。

(私のせいだ)

自分が彼を信じることができず、危険に晒してしまった。助かった今になって恐ろしくなってくる。

(それに)

まだドミナのことは解決していなかった。

「私はお前の傍にいていいのか?」

抱きつきながら彼の耳に囁く。

「どうしてそんなことを言うの?　私たちは幼い頃から繋がっていたことがわかったじゃないか」

「でも」

自分たちの関係はドミナの悲しみの上に成り立っている。それを無視することはできない。

「ドミナ様を妃として扱ってくれ。そうでなければ私はお前の傍にいられない。彼女なら私は嫉妬したりしないから、どうか……」

ティウスはアレリアの顔を覗き込んで、両手で彼女の頬を包む。

「いいか、今から言うことは絶対誰にも言ってはいけない。それを約束できるかい？」

蒼い瞳が自分の心を覗き込むようだ。

(どんなことだろう)

たとえどれほど衝撃的な内容でも、自分は彼を守る、その決意は揺らがなかった。

「……わかった。命にかけて誰にも言わない」

彼はアレリアの体を抱きしめ、耳元に秘密を囁いた。

「ドミナの父は、私の父である先帝だ。彼は実の妹であるエラ様を汚し、生まれたのが彼女なのだ」

「えっ」

信じられなかった。ドミナの母は先帝の同腹の妹、一番血の濃い兄弟なのに。

「それは、本当なのか」

さすがのアレリアも声を潜める。

「本当だ。私の父は、他の男と結婚した妹を無理矢理汚した、夫が留守の隙に。その時ドミナを身ごもり、悩んだ彼女は夫に打ち明けたが彼は許した。妻である叔母上を愛していたから」

ドミナはそのままティウスの従妹として育ち、婚約者となった。夫が死んだあとは秘密を抱えたままエラは生きている。

「ドミナとの婚礼の一日前、私は秘密を叔母上から打ち明けられた。知らぬ間に私たちが獣になることは耐えられないと言ってくださった」

「ならば、それをドミナ様に言えばいいじゃないか！」

ティウスは首を横に振った。

「それはできない。エラ様が亡くなるまで秘密を守ると誓ったのだ。彼女は兄に汚されたことを恥じている。そのことを知られることを、ドミナを悲しませることをなにより恐れていた。そんなことになるなら自ら死を選ぶと言われた」

アレリアは絶句した。それでは、重荷はすべてティウスが背負うことになってしまうではないか。

「どうにかならないのか、これではドミナ様もお前もつらいだけではないか」

ティウスはアレリアの顔を見ながら微笑んだ。

「私よりドミナが哀れだ。彼女のせいではないのにどうしてやることもできない。だから彼女をないがしろにはしたくない。夜、あなたと一緒にいてやれないけど我慢してくれ」

彼がどんなに遅くなってもドミナの元へ帰る意味がわかった。せめてもの贖罪《しょくざい》なのか。

「でも、でも、お前が悪いわけじゃないのに、どうして二人が苦しまなければならないんだ」

もとはといえば先帝の獣欲のせいなのだ。それなのに苦しんでいるのはエラとドミナ、そして秘密を抱えているティウスだった。

「今からでも先帝の罪を糾弾すべきだ。市民に訴えてドミナ様を自由に……」

アレリアの唇をティウスが指で塞いだ。

「いいんだ。今はただエラ様が穏やかに暮らすことを望みたい。父の罪は私が天まで持っていく。いつか祖先の森で出会った時に父を責めるだろう」

やるせなかった。今生きている人間はなにも悪くないのに。

「私は、どうすればいいんだ……」

ティウスはアレリアの頭を優しく撫でる。

「あなたはこのままでいい。私の子供を産んでくれ。私の子供ができればドミナの重荷は小さくなる。彼女は自分の人生を生きることができるだろう」

「子供……」

彼女の代わりに自分が子を産むことで彼女の助けになるだろうか。まだ納得はできなかったが、これ以上彼に抵抗はできなかった。

湯の中で抱きしめられる快楽はもう振り払えない。

「私は、お前の元を去るつもりだった。もし母と妹が奴隷だったら……いや、そうでなくても私はここにいてはいけないと思っていた。自分のせいでドミナ様が苦しんでいる」

言葉とは裏腹に、自分の手は彼の背中を抱きしめていた。

「でも、やっぱりお前とは別れられない……お前が追いかけてきてくれた時本当は死ぬほど嬉しかった。それに、昔の絆も知ってしまった。もう離れられない。私は悪魔だな」

苦しむ人間がいると知っていて、それでも彼と別れることができない。アレリアは彼の肩に顔を埋めた。

「あなたはなにも悪くない。悪いのは私と、私の父だ。その罪は私が背負っていく。あなたにもドミナにも、負い目はなにもない」

彼の手が尻に回り、優しく撫でる。その感触に体はあっという間に熱くなった。

「ああ……そんな」

もうたっぷりと潤んだ体はそれ以上の愛撫を必要とはしてなかった。足の間が熱く、火照っている。

「だから、あなたは安心して……私に任せて」

彼の手が後ろからアレリアの尻を割る。そして下から彼のものがゆっくりと入ってきた。

「凄い、こんな」

彼の力強さをすんなりと受け入れる自分の体が信じられない。

(ドミナ様、ごめんなさい)

自分はティウスと別れられない、それがはっきりわかった。

どんなに逃げても彼は追ってくるだろう。そして抱きしめられたら拒絶できないのだ。

彼に触れられただけで肌は熱くなり、肉は潤んでくる。

それは抵抗できない、泥沼のような欲望だった。

(ならば、私も罪をかぶるしかない)

先帝の罪はティウスが負っている。その重荷を自分も引き受けるしかない。

生きているだけで罪深い存在、そんな女になるしかないのだ。

罪の中、それでも彼と一緒に生きていきたかった。

「ああ、深い……!」

彼のものが奥深く穿たれる。自分の肉体が彼に合わせて歪む。

いつか、彼の形になってしまうかもしれない。それを望んでいる自分がいた。

「もっと、強く抱きしめて……」

アレリアは自分から腰を動かした。体内の彼が自分を擦る。

「気持ちいいよ、あなたの中で融けそうだ……」

ティウスは熱っぽい声で囁く。彼の手が背中を這い回る。

「ああ、いく……」

最奥を貫かれてアレリアは浅く上りつめる。体がぶるぶるっと震えた。

「私のものが包まれているよ、アレリア、愛している……」

「私も、好きだ、こうして、抱かれていたい……」

いつの間にか他のことは頭から消えていた。ドミナのことも、皇帝という地位のことも――考えられるのは、今腕の中にいるティウスのことだけ。

(愛している)

彼を手放すことなんて、考えられない。

罪にまみれながら、生きていく。

この道しか残されていなかった。

「ああ……ティウス、キスをして、そのまま……」

ティウスは腰を動かしながら口づけをした。上と下を同時に探られて気が遠くなる。

「深いよ、ああ、お前が大きすぎて……」

湯の中でアレリアは湯よりも熱いものを中に注ぎ込まれた。

グラウスは投獄され、今までの悪行が露わになった。

彼は皇帝選定に敗れ、地方に飛ばされたことの鬱屈を盗賊稼業で晴らしていた。彼の屋敷には村々から奪った財宝が残っていた。

「皇帝の身内だからこそ許されぬことだ。厳正に処罰しなければ」

彼は国で一番厳しい岩場にある牢獄《ろうごく》へ閉じ込められた。しばらく監禁されたあと裁判を受けさせ、おそらく首を斬り落とされる予定だった。

だがある朝、守衛が見回るとグラウスはすでにこと切れていた。自ら毒をあおったのだった。皇帝の子供として生まれた男の情けない最後だった。

ティウスは奪われた財宝をできるだけ持ち主に返し、奴隷として売られた人々を買い取って解放した。

「お前も自由になったのだぞ。私の弟のせいで奴隷になったのだから」

ある夜、ティウスはアレリアと中庭を散歩しながらそう呟いた。

「お前にはもう借金もない。故郷の村へ帰ってもいいんだ、どうする?」

自分を覗き込むティウスの頬にアレリアはキスをする。

「こんなに好きになってからそんなことを言うなんて酷いぞ」

二人の生活は安定していた。夜ティウスがアレリアの元を訪れ、深夜に帰っていく。そのことを悲しむことはもうやめた。

(これが私たちの運命なのだ)

一晩中過ごせなくても、心は通じている。アレリアはそう信じていた。

やがて、月のものが止まり、アレリアの中に新しい命が生まれていた。

「おめでとう、元気な子を産んでね」

つわりで寝込むアレリアの元をドミナは何度も訪ねてくれた。

「ありがとうございます。ドミナ様にいただいたお茶を飲んだら少し楽になりました」

ドミナから届いた薬草を煎《せん》じて飲もうとするとサドゥから止められた。

「お待ちください、毒見をしてからです」

彼女たちの考えではティウスの子を宿した自分にドミナが毒の草を渡したと思ったらしい。

「あの人がそんなことするわけないだろう」

結局薬草は毒ではなく、煎じて飲むとむかむかする胸がすっきりした。

そのことをドミナに伝えると彼女はにっこりと笑う。

「実は、最近母の体調がよくなったのよ」

ドミナは別荘に住んでいる母のエラについて語り出した。

「母は、父が死んでから別荘に閉じこもってほとんど外に出ていなかったの。いつも塞ぎ込んでいて、笑うことも少なかった。でもあなたに子供ができたことを知ったら、久しぶりに笑ったのよ」

アレリアはエラの気持ちが痛いほどわかった。自分と兄の子供であるドミナにティウスの子を産ませるわけにはいかない。彼女の代わりに自分が孕《はら》んだことで、重荷が一つ取れたのだろう。

「それを見たら私も嬉しくなってしまって、まるであなたの子供が自分のもののように思えるのよ。こんなふうに思われるのはいやかしら」

「いいえ、そんなふうに思ってくださって嬉しいです」

アレリアはドミナの手を握った。自分の子供を彼女が歓迎してくれる、なんだか奇妙な感じだった。

素直に喜んでくれるドミナとは対照的に、アレリアは自分の変化に戸惑っていた。徐々に体は変化していっているのに、心は一向に母らしくならない。少しつわりがよくなったとたん剣の稽古も始めた。

「よさないか、危ないじゃないか」

狼殺しの剣を振るっているアレリアを見つけたティウスは慌ててそれを取り上げた。

「なにをするんだ、剣の稽古をしているだけなのに」

少し目立ち始めた腹をアレリアは帯で巻いていた。村の女たちはそうやって妊娠中も働いていた。そのことがティウスにとっては信じられないらしい。

「妊娠したら部屋にこもって休んでいればいいのだ。剣など持ってもし怪我をしたらどうする」

「私は子供の時から剣を持っている。今さら怪我などするか」

「いいから、この剣は子供が生まれるまでお預けだ」

結局、木製の模造剣を使わざるを得なかった。そうしないとティウスによって部屋に閉じ込められてしまう。

「ええい、なんなんだ」

頭にきて植木をめったやたらと打ちのめしているとティウスに心配された。

「どうしたのだ、最近イライラしているようだが」

「……本当に私は母親になれるのか？」

妊娠したら母親らしい気持ちになれると思っていた。自分や妹を育ててくれた田舎の母のように。

だが、子供を宿しても自分は相変わらず剣の稽古をしたいし、おとなしくなった気分はしない。

「このまま産んでも大丈夫だろうか。自分はやはり、どこかおかしいのではないだろうか」

そう訴えるアレリアの隣に座り、ティウスは優しく肩を撫でた。

「大丈夫だ。きっといい母親になる。それに育てるのはお前だけじゃない、私やドミナがついている」

アレリアは彼の肩に頭を乗せた。

「ドミナ様のように女らしい方ならよかったのに。私に育てられたらきっと乱暴な子に育つだろう」

すると彼が頭を横に振る気配がする。

「いいや、あなたが育てれば優しい子に育つだろう。あなたは優しくて強い、自信を持ってくれ」

ティウスはアレリアをベッドに寝かせると、少し膨らみかけた腹を撫でる。そうすると少し気持ちが安定した。

「お前が父親でよかった」

そう呟くと突然唇にキスをされる。

「おい、やめろよ」

「あんまり可愛いことを言わないでくれ。禁欲しなければならないのに、我慢できなくなってしまう」

熱っぽく見つめるティウスの頬をそっと撫でる。

「さっとお前に似た、金髪の子が生まれるだろう」

「いいや、お前に似た黒髪の子だ」

そんな日々を過ごしている間に腹はどんどん大きくなって臨月になった。

アレリアの腹が痛み出したのはある満月の夜だった。

「痛い……こんなに痛いものか？」

剣闘士として生きていた時ですら経験したことのない痛みだった。アレリアは天井からつるされた縄に捕まって必死に呻く。

「もうすぐ生まれますよ、いきんでください！」

産婆の合図と共に力を入れると、すっと痛みが引いた。次の瞬間かすかに赤ん坊の泣き声が聞こえる。

「生まれました、女の子ですよ！」

目の前に現れたのは金髪の赤ん坊だった。その顔を見たとたん、愛しさが胸に溢れる。

「抱かせてくれ、早く」

湯で洗われて布で包《くる》まれた赤ん坊にアレリアは腕を伸ばす。サドゥがそれを制した。

「アレリア様はお休みください。赤ん坊は私たちが面倒を見ますよ」

それが貴族の方式らしい。だがアレリアは我慢できなかった。

「早く渡してくれ。牛でも羊でも赤ん坊はすぐ乳を吸うのだ。私も早くあげたい」

「彼女のしたいようにさせてやれ」

お産中は部屋から追い出されていたティウスがそう皆に告げた。

「しかし、乳母《うば》も待機しておりますが」

戸惑うサドゥからティウスは赤ん坊を受け取る。

「この子を与えてくれたのはアレリアだ。彼女が一番扱いを知っている」

ティウスから我が子を受け取ったアレリアはすぐに胸をはだけ、赤ん坊に乳を含ませる。

金髪の赤ん坊は羊の子のように母親の胸に吸いついた。

「ああ……飲んでいる」

小さな赤ん坊はびっくりするくらい強い力で乳を吸う。その感覚がアレリアに愛おしさを呼び起こした。

「可愛いな」

そう言ったのはティウスだった。アレリアは言葉が出ない。口を開いたら涙が零《こぼ》れてしまいそうだ。

「ありがとう、あなたのおかげでこんな可愛い子に出会えた」

ティウスの言葉でとうとう堪えきれなくなった。アレリアの瞳から涙が溢れる。

「私だって……子供を産めたのはお前のおかげだ。私を愛してくれて、ありがとう」

そんな言葉がすんなりと出た。

小さな赤ん坊はネリアと名づけられ、宮殿の中ですくすくと育っていった。その子をことのほか可愛がったのはドミナだった。

「なんて綺麗な瞳をしているの。赤ん坊の目がこんなに綺麗だなんて知らなかったわ」

子供の髪はティウスやドミナにそっくりだった。彼女は小さな頭を何度も撫でる。

「頼みがあるのだが」

ある日、赤ん坊を抱いたアレリアにティウスが話しかけた。出産してから三月《みつき》が経ち、ネリアは抱かれながらきょろきょろと辺りを見回すようになってきた。

「なんだ?」

「ドミナの母親にネリアを見せて欲しいんだ」

ティウスの義母であり叔母にあたるエラは現在都から離れた別荘に住んでいる。馬で向かっても半日かかるところだった。

「もちろんかまわない。首が据わったのでそろそろ外を見せたかったところだ」

アレリアは宮殿での子育てに戸惑っていた。人手がありすぎて、母乳をやる以外の仕事はすべて取り上げられてしまう。もっと自分の手で育てたかった。

(このままではひ弱な子になってしまう)

アレリアは村での子育てしか知らない。あそこでは生まれた子供は畑に連れていかれてその辺に転がされていた。子守は村の子供の役割だった。あるいは畑仕事をする親の背中で育つ。

だからティウスが別荘へ向かう輿をいくつも用意しだした時、アレリアは反対した。

「なぜ輿を三つも連れていくのだ」

「輿は長い時間乗れないだろう。持ち手が疲れたら乗り換えるのだ」

「輿など必要ない。私も馬に乗ってネリアを連れていく」

「なんだって?」

アレリアは丈夫な麻布を使って体の前にたすきがけで赤ん坊を抱える袋を作った。その中にネリアをすっぽりと入れてしまう。

「そんな小さな袋に入れて窮屈ではないのか？」

ティウスは心配したが、ネリアはその中でおとなしく抱かれ、やがて眠ってしまった。

「これで私と馬に乗れる。そうすればすぐ着くだろう」

「しかし……」

まだ心配しているティウスをアレリアは軽く小突く。

「私を誰だと思っているんだ。狼殺しの娘で剣闘士だった女だぞ。並みの兵士に守られるより安心だろう」

「……確かにそうだな」

結局アレリアはネリアを抱いて馬に乗り、ティウスと並んで街道を進んでいった。よく晴れた日で、空は青い。

「いい天気だ、いつの間にか夏になっているな」

ネリアを産んだのはまだ初春だったのに気がつくと季節が進んでいることにアレリアは驚いていた。

二人の周りは兵士が取り囲んでいるが、自分の目線にいるのはティウスだけだった。久しぶりに夫と二人きりになれたようで嬉しい。

「どうしてそんなににこにこしているんだ？」

ティウスが尋ねるとアレリアはいったんネリアの顔を覗き込んでから答える。

「嬉しいんだ。私たちが普通の夫婦になれたようで」

子供が生まれて以来、二人の周りには必ず誰かがいた。やっと生まれた皇帝の子供には多大な期待がかかっている。少しでもネリアがぐずれば何本もの手が伸びてきた。自分で産んだ子供なのに自分で育てている感じがしない。

それでもアレリアはまだ世話をしているほうなのだ。他の貴族は生まれてすぐ乳母に任せ、ろくに抱きもしない女性が多いらしい。一つには母親も身分の高い女性なので産後の回復を第一に目指すからだった。

(そんなの、寂しい)

「産まれる前は心配だったけれど、今は可愛くて仕方がない。本当はお前と二人で静かに育てていきたい」

「以前、お前の村で過ごした夜のようにか?」

自分が勘違いをして故郷の村へ出奔した時、二人で実家の寝台にいた。あの時が一番普通の夫婦らしかった。

「そうだ、またあんなふうに過ごしたいな。宮殿は大きくて、人が多すぎる」

ティウスはこちらを見て優しく笑う。

「本当は私もそうなのだ。今は皆が浮足立って、大騒ぎしているように感じる。やっと生まれた子供だから仕方ないのだが、もう少し私たちをゆっくりさせて欲しかった」

アレリアは驚いた。村育ちの自分だけでなく宮殿育ちの彼もそう思っていたのか。

「お前もか！　ではそうすればいいじゃないか」

すると彼は首を横に振る。

「そうもいかない。宮殿の作法は私一人の一存で変えるわけにはいかないんだ。長い間このやり方でやってきたからな」

皇帝でも、思い通りに生きるわけにはいかない。いや、皇帝だからこそ不自由なのだ。

アレリアが胸の前で抱いているネリアがもぞもぞと動き、顔を出した。周囲を見回す様子が愛らしい。

「……その布は、私でもつけられるのか」

不意にティウスが馬の歩みを緩め隣に来る。

「もちろんだ、少し布を長めにしてあるからお前でもネリアを抱くことができる」

「ではやってみたい。私も娘と一緒に馬に乗りたいんだ」

アレリアは赤ん坊を布ごと彼に渡す。

「こうか？　これでいいのか？」

ティウスはおっかなびっくりネリアを胸に抱きかかえる。子供は普段とは違う様子にぐずぐずと声を出した。

「ああ、泣きそうだ。やっぱり返す」

すぐアレリアに戻そうとするティウスをアレリアは制した。

「しばらく我慢して抱っこしていろ。お腹は空いていないしおむつも濡れていないからぐずっているだけだ。そのまま馬に揺られていればおとなしくなるだろう」

「そんな、もし泣いたらどうすればいいんだ？」

「あやしてやればいい、お前の子だろう」

アレリアはさっさと先に行くことにした。しばらく進んでから後ろを振り返ると、ティウスは赤ん坊を抱えておたおたとしている。周囲の兵士たちが心配して手を差し伸べる。

（どうするだろう）

人まかせにしたら叱ってやる、そう思っていたがティウスはそのまま抱いていた。やがて馬が動き出す。赤ん坊の泣き声は聞こえなかった。

「どうだ、もうおとなしくなったぞ」

ネリアは彼の胸に抱かれておとなしくしていた。珍しいのか、父親の顔をじっと見つめていた。

「ネリアは私が好きらしい。よく目が合う」

そう言うティウスの顔が心から幸せそうでアレリアは嬉しくなる。

「どうだ、子供は可愛いだろう。これからお前が皇帝の仕事をしながら子守りをしたらい い」

そう冗談交じりに言うと彼はまんざらでもない顔をする。

「そうだな、ネリアも将来は地位のある男に嫁がせるのだからそういう場に連れていってもいいかもしれん」

アレリアはぎょっとした。彼がネリアを公務の場に連れていきそうなことと、将来の結婚相手をもう決めていることが驚愕だった。

「待て、ネリアは好きな相手に嫁がせたい。それが兵士でも馬丁でもいいじゃないか」

するとティウスも目を剝いて反論する。

「なにを言う。ネリアは成長すれば様々な諸侯から結婚の申し込みがあるはずだ。見ろ、この金髪と美しい瞳を。きっと美人になる」

アレリアは呆《あき》れた。ネリアは確かに可愛らしい金髪だったがまだ生まれたばかりだ。

「私は反対だ。どんな金持ちでも嫌な男ではネリアが不幸せになる」

だが生まれながらの貴族であるティウスにとってはそんなことは考えられないらしい。

「いいや、ネリアの結婚は国のためになるものでなくてはならない。それが私の子に生まれた運命なのだ」

「それなら私はお前と別れてこの子を一人で育てるぞ！」

思わずそう口走ると彼は慌てて馬を並べてきた。

「待つんだ。一人でどうやって子供を育てる？」

「なんでもない、故郷に戻って畑を耕せばいい。母も妹も助けてくれる。不幸な結婚をさせるよりずっとそのほうがいい」

ティウスが珍しくおろおろしだした。

「待ちなさい、そこまで言うなら考え直してもいい。子供はまだこれからも生まれるだろうから」

その言葉にまたアレリアの怒りが燃え上がる。

「たとえ子供を十人産んでも、誰一人として不本意な結婚はさせないぞ！　相手は自分で選ばせる」

ティウスも言われっぱなしではなかった。

「そうは言うが、皇帝の子の周りには様々な甘言を弄《ろう》するものが現れるのだ。もし子供たちがそんな輩《やから》に騙されたらどうする。親が相手を決めてやったほうがいい」

「いいや、相手は自分で決めさせる。それで騙されたら別れればいいのだ」

「駄目だ、そんなつらい思いはさせられない。女の子は特にだ」

「女だって強いんだ、知らないのか」

二人は言い争いながら馬を進めていく。ネリアはいつの間にかティウスの胸で眠ってしまった。

十一　家族の形

別荘に到着すると先に到着していたドミナと母のエラが迎えてくれた。

「はじめまして、アレリア。あなたに会いたかったわ」

エラは茶色の髪がかなり白くなった細身の女性だったが、その美貌は衰えていなかった。

彼女の細い手を取ってアレリアは軽くキスをする。

「エラ様、私もお会いしたかったです」

「あなたの赤ん坊はどこなの？　見せてちょうだい」

ティウスが胸に抱いていた赤ん坊を彼女に差し出す。その金髪を見たとたん、エラは泣き出した。

「ああ、なんて小さい……ドミナに、あなたが生まれた時にそっくりよ。抱かせてくれる？」

エラはネリアを抱きしめたまま静かに泣いている。それはただ感動というにはあまりに強い感情だった。

「エラ様……」

絶句しているアレリアとティウスに向って、ドミナが静かに宣言した。

「二人とも驚かないで。私は母の秘密を以前から知っているのよ。そのことを昨夜、母に話したの」

「なんだって?」

ティウスが彼女に詰め寄った。叔母エラの忌まわしい過去、実の兄に犯され生まれた子が自分であること、それをドミナは知っていたと言うのか。

「本当なのですか、ドミナ様」

アレリアを見つめながら彼女はゆっくり頷いた。

「あなたに一つ、お礼を言わなければならないわ。あなたのおかげでグラウスが投獄された。彼は自ら命を絶った。そのおかげで私も安心することができたの」

彼女に出生の秘密を教えたのはグラウスだったのだ。ティウスと結婚して一年、未だ体の関係がないことに悩んでいた彼女にあの男が近づいていった。

「あの男が宮殿にやってきたのはあなたの誕生日を祝っている夜、子供のことを聞かれるのがつらくて私はすぐ自室に引っ込んでしまった。そんな時あの男が訪れた。『兄があなたを抱かないわけを知っていますか?』そう言われて彼を部屋に入れてしまったの」

アレリアの血液がまた沸騰した。あの男は盗賊稼業を行いティウスを殺そうとしただけではなく、そんなことまでしていたのか。

「事実を知って、私は倒れそうになった。あなたと、子供の頃から愛していたあなたと実の兄弟だったなんて……呆然とする私にグラウスは言ったわ。『子供が作りたくなったら俺に言え。手伝ってやる。俺はあなたと血が繋がっていても気にするような軟弱者じゃない』

「なんて奴だ！」

アレリアは怒りの唸《うな》り声を上げた。今地獄にいるだろうグラウスの元へ向かい、痛めつけてやりたい。

「すまなかった、ドミナ。あなたがすでに知っていたなんて……一人で苦しめてしまい、すまない」

謝罪するティウスの手をドミナが取る。

「一人で苦しんでいたのはあなたじゃないの。母から聞いたわ。私が獣にならないよう、なにを言われても守ってくれていたのね。本当にありがとう。こうして今笑っていられるのもあなたのおかげよ」

そして、その手をアレリアと繋ぎ合わせた。

「もう私に遠慮しないで。あなたたちは本当の夫婦になるべきよ。私はしばらく母の元にいるわ。体の調子がよくないの。できるだけ長く一緒にいてあげたい」

アレリアとティウスは思わず顔を見合わせる。

「ドミナ様……」

彼女は、自分が夜中に孤独を感じていたことを知っていたのか。

「ティウス、あなたは夜どんなに遅くなっても私の傍にいてくれたわね。それでどんなに慰められたでしょう。本当のことを知ってもあなたに打ち明けなかったのは、妻の座を去りたくなかったからなの。もしそれを知ったら、あなたは今度こそ本当の妻を探しに行ってしまう、そんな気がして」

ドミナの灰色の瞳に涙が浮かんだ。

「真実を知ってもなお、あなたの特別な女性でいたかった。あなたが苦しんでいるのを知っていたのに、解放してあげられなかったの。私は酷い女だわ」

ティウスはアレリアと手を繋ぎながら、ドミナを抱きしめる。

「なにを言っているんだ。あなたは私の一番の兄弟で親友だ。それはどんな立場になっても変わらない」

ドミナはティウスの肩に額を乗せている。そしてアレリアと目を合わせた。

「ありがとう、その言葉だけで充分よ」

その小さな顔がそっとティウスの肩から下りた。

「でももう、その地位から降りるべきね。あなたは私より大事な人ができてしまった。これ以上私があなたの傍にいてはいけないのよ」

「そんな」

抵抗しようとするアレリアを彼女は指で制した。

「お願いだからなにも言わないで。あなたに同情されるほど私が苦しいの。それに、これはあなたへの感謝の証《あかし》でもあるのよ。あの男——忌まわしいグラウスを葬り去ることができたのはあなたのおかげ。彼が生きている間はずっと秘密に苦しまなければならないと覚悟していたわ。それを取り去ってくれたのはあなたよ」

アレリアはなにも言えなかった。ドミナの瞳は揺れている。その奥にティウスへの愛がまだ残っているのだ。

「ああ……！」

その時、エラが激しく泣き出した。彼女の胸にはネリアがしっかりと抱かれている。

「どうされたのです、叔母上」

心配したティウスが近づくと、彼女はさらに泣き出した。

「この子を見ているとドミナが生まれた頃を思い出します……この子のように愛らしい赤ん坊だったのに、兄上とのことが思い出されて私はろくに顔も見られなかった。見ればあの、忌まわしいことを思い出してしまったの……なんて可哀そうなことをしてしまったの、許しておくれ」

その言葉を聞いたドミナは崩れるように泣き出した。

「お母さま……お母さまがたまに寂しげな顔をなさったのはそうだったのですね。安心なさって。お母さまは私の知る限り、とても優しい方だったわ。私は愛された記憶しかありません。そんなにご自分を責めないで」

ドミナの言葉にエラはさらに泣きじゃくる。ティウスは叔母から赤ん坊を受け取ると、そっとアレリアの傍に立つ。

「私たちは向こうへ行っていよう。二人きりにして差し上げるんだ」

「そうだな、さあネリア、こっちに行こう」

二人は別荘の中庭へ出た。宮殿ほど豪華ではない、ごく普通の庭だったが春の花がそこかしこに咲いている。二人は草の上に並んで座った。

「よかったな、ドミナ様とエラ様の悩みが消えて」

二人とも相手を思いやるあまり、本当のことを言えなかった。わかってしまえばもう過去のことだった。

「そうだな、あなたにもずいぶんと心配をさせてしまった。夜一人きりで寂しかっただろう」

不意に自分のことを言われてアレリアは慌てる。

「私は別に一人寝でも平気だ……でも、お前が望むなら、一緒に寝てあげないでもない」

ティウスはくすくすと笑うと、肩を抱き寄せてキスをする。

「困ったな。今までは一晩に一回だけと決めていたのに、ずっと傍にいたら何回してしまうかわからない」

アレリアはぎょっとして彼の顔を見る。

「なんだと？　そんな体力がお前にあるのか？」

彼はいたずらっぽく笑う。

「私は今まで誰も愛さず生きてきた。溜め込んだ性欲が一気に噴出したらしい。それに——子供が生まれてからまだ、一度もしていない」

確かにネリアが生まれてからまだしたことはなかった。医者はもう可能と言うが、こちらから誘うのは恥ずかしい。

「——胸を揉んだら、母乳が出るのではないか？」

アレリアが俯くとその顎を指で持ち上げられる。

「私にも飲ませてくれ。きっと甘いだろう」

「馬鹿、これはネリアのものだ」

そう言いながら頭がぼうっとしてくる。久しぶりに傍で見たティウスは、また一段と精悍《せいかん》になったようだ。

「今夜は、ネリアをドミナと叔母上に預けないか。乳母もいる。安心して任せられるだろう」

その意味を悟ってアレリアは赤くなる。

「もう、次の子作りをするのか？」

ティウスは妻を抱き寄せて頬にキスをした。

「もし無理そうなら、強引にはしない。時間はゆっくりあるからね」

その声に官能を擽られる。無理もなにも、アレリアの体はもう夫を欲していた。

(なんてことだ、まだ乳飲み子がいるのに)

「馬は、赤ん坊が乳を飲んでいる間は交尾しないんだぞ」

そう言いながらアレリアは自分から夫にキスをしていた。


ネリアはドミナとエラに抱かれたまま寝室へ消えていった。やがて赤ん坊の笑う声が聞こえる。

「よかった、この様子なら大丈夫だな」

もともと宮殿でたくさんの人に囲まれて育っている子だった。初めて見るエラにもすぐ慣れたらしい。

「素直で、いい子だ。きっと優しい女の子に育つだろう」

二人は与えられた寝室へ入った。普段エラが使っている主寝室を使わせてもらう。彼女の静かな暮らしがしのばれる、質素な部屋だった。二人はベッドに腰をかける。

「まだあの子を自分の道具に使うつもりか？」

アレリアは子供に対する考え方の違いがまだ心にかかっていた。皇帝になるかならぬかは自分で選べる。だが婚約者を決められたら自分で覆すことはできないのだ。

「必要とあればネリアを年寄りの城主にでも嫁がせる？　その男が大勢妾を持っていても？」

ティウスは憂鬱な顔をして首を横に振る。

「少し待ってくれ。私は貴族の子として育った。結婚は家同士の繋がりというのが当たり前だった。その考えを今すぐ捨てることはできない。周囲だって彼女は『皇帝の娘』として見るだろう。それを無視して彼女の自由にすることはできぬ。剣を持たせずに戦場へ送り出すようなものだ」

彼の言い分もわかった。だがアレリアはネリアの意思をまったく無視した結婚にはしたくない。

「一つだけ約束してくれ。お前にとって有利になる結婚でも、もしネリアがどうしてもいやだと言ったらやめてくれ。それをたった一つ、守って欲しい」

ティウスは立ち上がると水差しからゴブレットに水を汲《く》んだ。部屋には使用人は誰もいない。警備の者以外、連れてこなかったのだ。

「彼女の運命はわからない。もしかしたら私のせいで苦労をすることになるかもしれない。だが一つだけ約束しよう。私はお前と子供の幸せだけを願っている」

水を受け取って一口飲んだ。エラは井戸から汲み立ての水を入れておいてくれたらしく、驚くほど冷たい水だった。

「私だってそうだ。お前の役に立ちたい、お前を幸せにしたい」

立ち上がって彼の首に腕を回す。蒼い瞳が潤んでいた。

「お前はもう私を幸せにしてくれている。お前の存在自体が私の人生を明るく照らしてくれているのだ」

その言葉に思わず口づけをしてしまう。

「こいつ、恥ずかしいことを……！」

ティウスはくすくす笑っている。

「それだけでも充分なのに、天使のような赤ん坊も授けてくれた。もうこれ以上なにもしなくてもいい」

アレリアは彼の目をじっと見つめながら言った。

「ではもう子作りはしなくていいのか？」

彼の目が一瞬大きく開かれる。

「そんなことはない。子供はもっと欲しいし、子作りの行為だってもっとしたい」

「どちらが好きなのだ、子供か、子作りか」

アレリアの体が不意に抱え上げられ、ベッドに横たえられる。

「そんな難問を出さないでくれ、哲学者だって答えられないだろう」

甘くキスをされ、言葉を奪われる。

「あ、待って……」

服を脱がされるのが恥ずかしい。母乳を与えている胸は以前よりさらに大きくなったようだ。

「大丈夫、お前はお前のままだ」

トーガの上半身を脱がされると、大きく張った胸が現れる。もともと大きかった膨らみは乳を満たして丸く膨らんでいた。乳首も大きく膨らんでいる。

「あまり……触らないで」

ティウスの指が先端に触れると軽い痛みが走った。優しく摘まれると先端から白い乳が溢れる。

「もったいない、舐めてやろう」

先端から溢れる乳を彼が啜り取る。その感触は赤ん坊と違い、慈しみに溢れていた。

「ああ、吸わないで……」

言葉とは裏腹に母乳を吸われると胸が楽になった。固かった胸が柔らかくなる。ティウスはもう片方の乳首からも乳を搾り出した。

「かすかに甘いな、あなたの体から出る蜜だ。すべて飲み干したい」

彼の舌の感触に、忘れかけていた官能が呼び覚まされる。ほんのわずかの罪悪感と、再び彼に抱かれる喜び——。

(ネリア、ごめん。今だけはティウスの妻に戻らせてくれ)

彼女が生まれて以来、アレリアは彼女のために全身全霊を注いできた。だが今、自分が離れてもネリアは幸せに過ごしている。

ほんの少し、自分のために生きてもいいかもしれない。

「ティウス……ああ、もっと……」

母乳が搾られて軽くなった乳房はかつての感覚を取り戻したようだった。舌でしゃぶられるたびに快楽が湧き上がる。

「いいよ……嬉しい……」

「私も嬉しいよ、久しぶりにあなたの肌に触れることができた」

毎日顔を合わせていたが、これほど濃密な時間を過ごしたことは最近なかった。眠る時も傍にはネリアがいた。

親になってから二人きりで過ごす時間は驚くほど少なかった。

「あああ……」

彼の唇がゆっくりと下へ移動していく。アレリアの腰はすでに昔のしなやかさを取り戻していたが、それでもまだアレリアは不安だった。

（また、できるだろうか）

お産の痛みはまだ記憶に新しい。自分の体は変化してないだろうか。

ティウスが足を広げようとした時、だからアレリアは抵抗した。

「待て、そこは見ないでくれ」

「どうして？　以前は大丈夫だったじゃないか」

なんと答えたらいいのか、アレリアは口ごもる。

「そこは……一度子供を産んだところだから……」

初めて彼に見られた時とは違っている、そう伝えたかった。

ティウスは優しく彼女の膝にキスをする。

「なにを気にしている？　私がほんの少しの変化であなたを嫌いになると思っているのか？」

その言葉に涙が溢れそうだった。

「ごめん、初めてだから」

子供を産んだのも初めてだし、こんなに人を好きになったのも、初めてだった。アレリアの声に涙が混じる。

「お前のことが好きだ、もうこんなふうに変えられてしまったんだから……一生、愛してくれ」

ティウスはアレリアの顔を引き寄せてキスをする。

「変えられたのは私のほうだよ。こんなに強く人を愛することを知った。けっして離さないから覚悟してくれ」

足を大きく開かせられる。アレリアはもう逆らわなかった。

「ああ……」

そこを指で開かれる。熱い息がかかるだけで全身がぶるっと震えた。

「あなたの体は綺麗だ、どこもかしこも」

そしてそこを舌で覆われる。温かい感触にアレリアは悲鳴を上げる。

「ひゃうっ」

久しぶりの感触だった。三か月、いや、腹が大きくなってからは赤ん坊に障ると言われほとんどしてなかったのだ。

まるで初めての時のように体が敏感になっている。

「あああ、だめっ」

ティウスの舌は肉に埋もれていた雌核を吸い出し、ねぶる。渇いていた体があっという間に熱を帯びる。

「いっちゃう、もう……」

あっけなさすぎて恥ずかしい、だがもう止めることはできなかった。彼の舌の上でアレリアの花弁はきゅうっと収縮して蜜を吐き出す。

「やあう、いくう……」

びくびくっと全身が震える。久しぶりの絶頂に気が遠くなりそうだった。

「早かったな、欲しかったようだ」

そう問われてもアレリアは軽く頷くことしかできなかった。

「……意地悪」

「意地悪じゃない。私だってあなたが欲しかった。あなたは平気そうな顔をしていたけれど、触れたくて仕方なかったんだ」

ティウスがアレリアの傍に横たわる。手を差し伸べると彼のものはすでに固く滾っていた。

(彼も私を欲していた)

そう思うと快楽とは別の熱が湧き起こってくる。

「平気じゃない、いや、平気だと思っていた、ネリアは可愛いし育児に忙しくて……でも、それだけじゃ駄目だったんだ」

アレリアは両手で彼のものを包む。

「それが今日わかった。私には両方必要だ。お前とネリアと……お前に愛されて、ネリアを愛したい。それは欲張りかな」

　ティウスは体を横にしてアレリアに寄り添う。

「欲張りなものか。私だってそうだ。あなたを愛してネリアを愛して、もっと子供だって欲しい」

　ティウスはアレリアを抱きしめて口づけをした。自分の腹に固いものが当たる。

「もう、来て……」

　早く繋がりたかった。だがティウスはいったん体を離す。

「いいや、まだだ。あれほどのお産を終えたあとなのだから、もっとよく確かめなくては」

「あ、そ、そんな」

　腰をぐいっと持ち上げられ、恥ずかしいところを一番上にさせられる。

「そこ、開くなっ……」

　柔らかい肉を開かれ、再び口づけをされる。今度は深く、奥まで舌が侵入してきた。

「ふあっ」

　しばらく入っていなかった狭間をこじ開けられる。そこは収縮しながらぬめる粘膜を受け入れていった。

「奥も傷は残っていないようだ。熱いよ。もう少しほぐしてやろう」

「やん、もう、いいから……」

これ以上刺激されたらどうなってしまうのかわからない。暴れるアレリアの腰をティウスはしっかりと固定し、さらに深く探る。

「きゃうう……！」

彼の舌先がずっと奥まで侵入してくる。肉を直接舐められ全身がぶるぶると震えた。

「あ、そこ、擦らないでっ……」

中の感じるところを直接刺激され、全身がどっと熱くなる。

「あ、駄目、いっちゃうぅ……！」

彼の舌を入れたまま達してしまった。震える果肉を直接食べられる――。

「もう、我慢できない、早く、動いているうちに、来て……！」

熱のあるうちに埋められたかった。やっと彼の腕から解放されたアレリアはすぐに抱きつく。

「もちろんだ。私もお前を感じたくて仕方ないよ……ここに、座って」

ティウスは仰向けになった。その腹には欲望が垂直に起立している。

アレリアはその上に跨《また》がり、ゆっくりと腰を下ろした。

「ああ……」

体を太いもので拡げられる。ほぐれた肉を奥まで貫かれてアレリアはため息をついた。

「気持ちいい……久しぶりだ、お前を、感じる……」

「私もだ、愛しているよ、アレリア」

横たわっているティウスの目に涙が滲《にじ》んでいる。それを見るとアレリアの奥からも熱いものが湧き上がってきて。

「私も……愛している、お前が必要だ」

自分がこれほど彼を愛していることを改めて実感した。繋がっていることで全身が熱くなる。体中を喜びが駆け巡った。

「好きだ、好きだよ……もっと、深く」

ティウスは体を起こしてアレリアの体を抱きしめた。大きく膨らんだ乳房が挟まってつぶれる。

「アレリア、愛している、愛している……」

耳元で囁かれる、何度も奥を貫かれて快楽が溜まっていく。

「凄い、奥が、感じるの……」

最奥を擦られて、高まりが止まらなかった。自分から腰を動かしてしまう。

「止まらないよ……熱くて、融ける……」

「そんなに、動かさないで、もういってしまう……！」

ティウスの声もかすれている。アレリアが三度目の絶頂に達する一瞬前に、ティウスのものが破裂した。

「あ、出ている、中に……熱い……」

彼の迸《ほとばし》りを感じながらアレリアは上りつめていった。きゅううっと収縮する蜜壺が男の精を吸い取っていく。

「ああ、久しぶりだ、こんなに気持ちよかったのは」

二人は抱き合ったまま寝台に横たわる。アレリアの胸は白い乳で濡れていた。押しつぶされた胸から噴き出したのだ。

「また溜まってしまったな。胸が重い」

乳の溜まった胸は痛いほど張っていた。少し搾らなければならない。

その時遠くで赤ん坊の泣く声が聞こえた。

「ネリアが泣いている！」

アレリアは慌ててトーガを身に着けると寝室の外に出た。ドミナとエラの寝室から激しい泣き声が聞こえる。

「ドミナ様、ネリアは大丈夫ですか？」

声をかけるとすぐに赤ん坊を抱いたドミナが現れた。

「ちょうどよかったわ。お乳を飲ませてもなにをしても泣きやまないの」

顔を真っ赤にして泣きわめいているネリアにアレリアは自分の乳首を含ませた。しばらく吸いついていた赤ん坊はやがてすぐ眠ってしまう。

「このまま、しばらく抱いていないと眠らないのです。今度は私が朝まで寝かしつけます」

自分の胸で眠るネリアを抱いて、アレリアとティウスは庭に出た。濃紺の空には明るい半月が出ている。

「美しいな」

ネリアを抱いたままアレリアは月を見上げる。その肩をティウスは抱き寄せた。

「あなたと一緒に月を見ることができてよかった」

そう呟く彼の逞しい体にそっと寄り添う。人に体をまかせることがこんなに安らかな気持ちになるなんて初めて知った。

「お前を、愛してもいいんだな」

そう呟くと彼が顔を覗き込んできた。

「どうしたの、急に？　不安なのかい」

アレリアは微笑みながら首を横に振った。

「そうじゃない。でも、どこかでドミナ様に遠慮していたんだ。自分はお前の一番愛する女ではないと——だからどこかでブレーキをかけていた」

ネリアはぐっすりと眠っている。その重みすら心地いい。

「でも、ドミナ様は知っていたんだ、血の繋がりのことを……そしてお前を手放してくれた。今度こそ、私はお前を誰はばかることなく愛することができる」

驚くほど晴れやかな気分だった。ずっと頭の上に乗っていた重い石が取れたようだ。ドミナのことは自分にとって思ったより負担だったようだ。

「私たちはこれから、やっと本物の夫婦になれるんだな」

するとティウスはアレリアからネリアを受け取る。赤ん坊は彼の胸の上でもすやすやと眠っていた。

「そうだよ、これからたくさん幸せが待っているんだ。私たちは世界一幸せな夫婦だよ」

アレリアは子供を抱くティウスに寄り添いながら部屋へ戻った。

「そうだな、とりあえず私は今世界一幸せだ」

するとティウスが振り返って言う。

「なにを言うんだ、私が世界一幸せな人間だ。あなたは二番目だな」

二人は顔を見合わせて笑う。そしてゆっくりと寝室へ入っていった。


その後、ティウスとアレリアは三人の男の子と一人の女の子、計五人の子宝に恵まれた。

ドミナは別荘で母を見送ってからもその場に留まり、静かに暮らしていた。愛らしく成長したネリアは叔母であるドミナによく懐いて、足しげく別荘に通っていた。

やがて彼女の傍には誠実な将軍がいつも寄り添うようになっていた。妻を亡くした将軍はドミナを女神のように思い、傅《かしず》いていた。

よく晴れた春の日、別荘にはティウスとアレリア、ドミナと将軍が歓談する様子がよく見られた。その周りを子供たちが騒がしく遊んでいたという。

あとがき

こんにちは。ハニー文庫での三冊目「女剣闘士は皇帝に甘く堕とされる」をお届けします。

古代ローマ風の作品で、今回は女剣闘士を主役にしました。ビキニのような鎧はフィクションのものと思われるかもしれませんが、実際剣闘士の鎧は小さいものだったそうです。剣で切られて流血するのが喜ばれたそうで……怖いですね。

最初は反発しあっていた二人ですが、徐々に心が通じ合っていきます。思ったより甘々分量が多くなってしまいました……どうしてかな。

剣闘士と言えば、『グラディエーター』で悪い皇帝を演じたホアキン・フェニックスが『ジョーカー』で見事な演技を見せました。あの時はまだリバー・フェニックスの弟というイメージが強かったのですが、とてもいい俳優になりましたね。

今回ヒロインが剣闘士になったのは、「ゲーム・オブ・スローンズ」を見始めて強い女性に惹かれたせいかもしれません。美しいデナーリスやサーセイ、強いアリア、ブライエニー、得体のしれないマージェリー、皆魅力的なキャラクターです。

また画面の一つ一つが美しく、女性のドレス、花の咲き乱れる屋敷などうっとり見ています。まだシーズン五までしか見てませんが、どんな結末になるのか楽しみなような、怖いような。

私生活ではガーデニングを始めました。去年の夏から始めたのでもうすぐ初めての春です。一期咲きの薔薇が咲いてくれるか、どきどきしながら見守っています。

これを書いているのは二月なのですが、今盛りなのはパンジーやビオラです。食べられる花、エディブルフラワーの苗を植えてサラダに混ぜたりしています。

最後に、可愛いイラストを描いてくれた獅童ありす様にお礼申し上げます。

吉田行

吉田行先生、獅童ありす先生へのお便り、
本作品に関するご意見、ご感想などは
〒101-8405
東京都千代田区神田三崎町2-18-11
二見書房　ハニー文庫
「女剣闘士は皇帝に甘く堕とされる」係まで。

本作品は書き下ろしです

Honey Novel

女剣闘士《おんなけんとうし》は皇帝《こうてい》に甘《あま》く堕《お》とされる

【著者】吉田行《よしだあん》

【発行所】株式会社二見書房
東京都千代田区神田三崎町2-18-11
電話　03(3515)2311［営業］
　　　03(3515)2314［編集］
振替　00170-4-2639
【印刷】株式会社 堀内印刷所
【製本】株式会社 村上製本所

落丁・乱丁本はお取り替えいたします。
定価は、カバーに表示してあります。

ISBN978-4-576-20048-4

https://honey.futami.co.jp/

甘くとろける蜜の恋☆濃蜜乙女レーベル

Honey Novel

吉田 行の本

禁じられた甘い誘惑

～処女妻と義弟～

イラスト=Ciel

嫁いですぐ夫オルランドが病に倒れ純潔のままのラウラレッタ。
家のため、義父から夫の異母弟オルランドと子作りをするよう命じられ…